knowledge-power

读行者

中国，特色

微博最红德国人雷克眼中的中国

Chinese
Characteristics

[德] 雷克
Christoph
Rehage

著

当代中国出版社
Contemporary China Publishing House

目录
Contents

4 其实德国是这样的

5 纳粹
与日本

6 我眼中的中国

7 来自德国人的吐槽

8 要宽容

中国的
行与思

我的小破书。

我是我，你是你。我是德国人，你或许是中国人吧。我正坐在我家的沙发椅上，眼前一台笔记本电脑，屏幕上只见一行字。中国距我有万里之遥。我在认真思考给你写点什么东西比较好。

你到底是谁我都不知道。我在想，你或许站在书店里吧？手中拿着几本书，偶然发现一本好像是个莫名其妙的老外写的书。还有老外用中文写作的事？这是瞎炒作还是真的？这么辛苦干吗，某些外国人真缺钱啊！

还是选择翻开书看看，你很快就发现这好像不是那种故事性的书，而是专栏集。也就是说，这个老外记录了自己对各种事的种种想法和看法而已。

现在是该把书放回书柜去的时候了。

当然，你也可以接着看。

　　我坐在沙发椅上，身边有一杯茶。茶杯是德国的，自来水是德国的，而茶叶呢，倒是中国的——碧潭飘雪，我最喜欢的饮品之一。我想，你可能从书店里走出去了，要坐地铁回家。上海、广州、成都、北京的新地铁线，这些都比我们德国的大部分地铁令人舒心不少，毕竟是刚修的。我很喜欢那些地铁，只是人有点多，尤其在上下班的时候实在是太多了。地铁上拿书不方便，还是用手机看吧。刷刷微博，刷刷微信，如果实在没事干就打开电子书APP（应用）看看。你在屏幕上看到这些字。

　　继续看，还是换一本更有趣的？好像那个谁最近又写了一本关于那啥的书，忘了叫啥，貌似还拍成了电影！

　　好吧，暂时先继续看吧。我接着思考要给你写点什么东西比较好。

　　我叫雷克，不过那当然不是我的正式的名儿。我的名字其实叫克里斯托弗-雷哈格（Christoph Rehage），但这个中文名的字数太多了，我就把姓和名的第一个字拼在一起了：雷克。那是十年前的事，我在慕尼黑大学偶然地进入了汉学系。那时候，我的一个台湾朋友帮我起了这么个中文名。我本来很喜欢"雷克"这个名字，不过后来到北京留学时发现老外当中的"克"字太多了，什么杰克、尼克、汉克、马克，我那时候很想说："我为啥当时没有给自己取一个更中国化的中文名呢？"

　　更中国化的中文名，比如说呢？比如《三国演义》里的那些英雄嘛！什么诸葛亮啊、关羽啊、曹操啊！还是低调的雷克比较好。就这样，雷克很快被我接受为自己的名字了，就像中国这个宇宙似的国家，也被我接受为自己的家。

你或许在想："你自己的家？我大中华人已够多，还真不缺你一个老外！少在这儿装白求恩行不！"

哈！这样理解也没错，不过我说的是真的，不是客套话！

怎么讲呢？我在想，你或许跟我一样坐在自己家的沙发椅上。还是你在外面找了一家咖啡馆？我一直觉得很神奇，为什么中国有那么多可爱的咖啡馆，一家比一家装修得有味儿，服务到位，还有各种茶水可以喝，特别适合坐下来看书！当然，除了这个以外还有"避风塘"之类的连锁店。那里跟文艺咖啡馆不一样，每次去的时候都会看到一些貌似初中生的情侣拉着手坐着，还有那些边打牌边吸烟的小伙子，另有不少人在桌上趴着睡。这种咖啡馆我也挺喜欢，虽然没有文艺咖啡馆文艺，但比它有看头。你就选一个吧，在家坐沙发椅或床上当然也不错！

每次被问"雷克你喜欢我们中国吗"，我都会觉得尴尬。这种问题，我除了客套话还能说什么呢？而且"我们中国"这个说法跟"我国"一样莫名其妙，里面充满了爱国主义精神。打死我我也不会问你：Do you like our Germany？（你喜欢我们德国吗？）我后来也学会了在微博上发帖时顺便写一个"我德"甚至"我大德"，当然这是开玩笑的，就怕别人当真！

不过话又说回来，要是想诚实回答这个问题的话也难。不是每一分喜欢当中都有一分不喜欢吗？反正如果一个外国人跟我说"我喜欢你们德国的一切"，我首先会想："我的德国？"其次我会觉得要么他是在说客套话，要么他就是傻瓜。他难道也喜欢我们的税法（Steuerrecht）？

说到中国也一样，比如火车，虽然我很喜欢在中国坐火车，但我从来不喜欢在中国买火车票。不仅难买，而且排队又不是特别规范，尤其是过节的时候我觉得没有人喜欢在中国买火车票吧。除了一些有关系的人以外，他们觉得过年时买火车票可爽了。

说到火车我突然在想，你会不会正在火车上看到这些字呢？我说的不是高铁，那种方便却无趣的变形金刚似的交通工具，而是正儿八经的"火车"，有硬座和硬卧的绿皮的中国火车。它是我的最爱！

不知道你有没有买到卧铺票。我会尽量买中铺的。下铺人太多，各个叔叔阿姨都要借坐打牌聊天吃方便面，上铺空间有点小，我一米九二的个子勉强能钻进去，但不是很舒服的样子。而且，上铺看不到窗外的景色！这一点对于我这么一个充满好奇心的外国游客来说是绝对不能接受的！所以，我最喜欢的就是中铺。

我喜欢在卧铺上趴着看书，时不时往窗外看，看着外面的景色慢慢变，就像书里面的故事慢慢往下流。可惜这书根本没有什么故事。扔掉它！

还是再看一会儿？

我想如果你不在火车上而是在坐飞机的话，你或许没别的办法，只能继续往下看。哈！因为手机不让玩，就算开了飞行模式也不让玩，免费提供的杂志几乎全是广告，所以你就接着看呗。看书比较好打发时间。我最近发现自己好像有那么一点点飞行恐惧症，所以坐飞机时不能没事干，一定要让自己忙起来。看书当然也行。我想，那些天天坐飞机的阔佬是不是相当能看书？

不过，我为什么非要把你想象成一个在路上的人呢？你或许是学生，在课堂上坐着无聊就拿来这本书看看。听说这个老外比较二，可以看一看呗。把书放在课本下偷偷看，这事我上学时也经常干。而且回头想比较有意思的是，偷偷看书有时让那时候的我觉得良心不安，因为课本上的东西虽然无聊但确实值得我看；但有时我又觉得完全没什么问题，课本如此没意义，我还不如看书呢。

当然，往往是回头看时才知道到底哪些东西值得你看，哪些东西可以忽略。这也是大家要学习的一种智慧吧，而且是老师无法教给我们的。看烂书，为在生活中学习！

当然，每个作者都不希望自己的书在读者眼里变成那本让他"终于知道哪种书不值得看"的书。

我也不例外。

出版社编辑找我写这本书的时候我本来是一种谢绝的态度，因为我知道我的中文表达能力如此有限，而且我也没觉得我的那些对时政的看法很有趣。我跟编辑说："谁想看我这种老外用中文写的书啊，大家如果看的话恐怕只不过是凑热闹罢了！"

编辑说："雷克你的文笔当然是老外式的，这不要紧，好好写你想写的东西，保持自己的角度和风格就好了！"

我那时候想起了一件十年前发生的事。我在慕尼黑大学汉学系上中文课时，老师找了一个中国小伙子来拜访我们系的课堂。我记得很清楚，因为那几乎是我见过的第一个"真正"的中国人。怎么说呢，我之前也不是没见过中国人，我们班的语言老师就来自南京，而且周围也有不少长期在德国待着的中国留学生以及华侨，但这位来自北京的小伙子跟他们不一样。他貌似刚从中国来到了德国，德语说得还不是很好，而且从衣服和打扮来说都给人感觉跟德国人不太一样，所以我和我的同学都觉得他很神奇。他是"真正"的中国人！老师让我们问他一些问题。我们为自己的语言水平感到尴尬，只有最勇敢的同学敢开口问他："北京天气好吗？" 然后带着骄傲的微笑盯着他看。

不过最让我们开心的是我们班里没有一个同学写不出来这位小伙子的名字，因为他的名字如此简单——他竟然叫丁一！

想起自己十年前看到丁一时的激动，想起第一次去中国之前在机场哭的伤心，想起自己后来在中国交的好朋友，爱上的风景，爱上的美食，爱上的文字，我就想：好吧，可以写点东西。

你依然在看。

不怪你，有时候是懒得看下去却更懒得放弃。就这样继续看呗。

我最喜欢的看书方式是：边啃苹果边看书。记得小时候看妈妈躺在沙发上，一只手是绿苹果，另一只手是书。有一次，我把一本我很喜欢的外星怪兽书推荐给我妈看。她觉得不好看，甚至难看到什么地步呢，就是第二天我那本书被扯成两块后给扔进垃圾桶里了。我妈说："不好意思，那本书实在太难看了！"

对某一本书拥有如此肯定的判断，也不容易吧。

回想下我当时好像很伤心，只不过我自己没有意识到而已。反正过了不久我向我妈借了一本她最喜欢的书，看了两页就使劲把它扯成两半并扔进了垃圾桶。我很平静地跟妈妈说：此书不好看也！

我希望我这本小破书不会被你（或被你妈）扯成两半并扔进垃圾桶。我的语言虽然被编辑修改过，但依然过于简单。这全怪我的中文水平不够高。我的思想过于简单又是另外一码事，那只能怪我不学无术。你也知道吧，不是所有的上过大学的人都算得上知识分子。我们德国人有一个词儿叫作halbwissen，就是"一知半解"的意思——学了点东西却没完全学通。所以我主要写的是带立场的东西。我要么给你讲我生活中的东西，要么跟你分享我对一些事情的感想。

当你和我的立场不同，我第一个反应当然也是哭爹喊娘。为什么那么多人如此笨？我的立场在我而言明明是对的，为什么他们不接受呢？嗯，立场不同不要紧，每个人都有自己的想法！

外面天全黑了，我爸叫我下楼吃饭。我想，我跟我爸很多事立场不同，毕竟他比我老一代，但他也是德国人啊。这样看来，我还是要跟你说一声：俺雷克不代表德国，俺也不代表其他德国人。不过我觉得这些你都已经知道了吧。其实以上两段话我都不用特意写出来吧。我们的世界，已经越来越相似。我们不想被代表，也不想代表其他人。

就像书店里的你，地铁上的你，沙发上的你，火车上的你，飞机上的你，学校里偷偷看书的你，都不代表整个中国，也不代表其他中国人。

因为最终，你就是你。

而我就是我。

chapter 1 别人和我

"挺韩"与"倒韩"
的冲突
伪君子的感叹号
"洋垃圾"论侵害儿童
被"洗脑"的我
鸡皮埃斯，让我傻
……

"挺韩"与"倒韩"的冲突

交论文的那天早上，我在慕尼黑市火车站下车。我脖子上戴着一只小U盘，那里面存着我的大学毕业论文。那篇论文，我不是在慕尼黑写的，而是在我北德老家。那里有我们家养的猫和狗，还有我爸爸和我妹妹。去慕尼黑交论文的我坐的是连夜火车，行程五个多小时，我一路上根本没睡觉，一直忙着修改论文。最后觉得每个小脚注、每个逗号、每个字的大小都差不多的时候，已经马上要到达终点站了。终点站，就是慕尼黑。我把论文复制到U盘里去，把笔记本电脑关上，深叹一口气，准备下车了。

终于搞完了！我很想知道教授看了之后是什么感想。

我似乎成功完成了一篇没有论点的论文。关于韩寒的"真假"，我不是一开始就知道自己其实无法找到真正的证据吗？

嗯，不过我还是有一些自己的看法。

最开始关注"韩方之战"时我还以为，韩寒和方舟子只不过是在互相炒作而已。他们从职业的角度来说依赖的主要是自己的知名度。被越多人关注，自己的书就越好卖罢了。而且被关注的形式不一定非要是"善意"的，也可以是"恶意"的。就像某些娱乐明星在自己马上就要出新片子的时候不会介意顺便"被曝出轨"一样。因为坏新闻也是好新闻。

　　文学界发生丑闻也不一定对作者有坏处。比如2006年郭敬明被判定抄袭别人的作品，甚至赔款20万元人民币。你可能会觉得这事发生后郭敬明的书不好卖了，但你错了！短短一年后，就在2007年，人家郭敬明依然是全国收入最高的作家，没有之一。

　　耐人寻味。

　　所以，我对此事的最初想法就是：×！方老师为啥不去质疑我呢？我也要卖书，我也有很多可以被质疑的地方好吗！我真的是德国人吗？我的"徒步中国"的路真的是我自己徒步走下来的吗？你确定不是我爹帮我走的？快来质疑我吧！

　　不过方老师没质疑我，我主动给他一些温情提示（"雷克是假的！"）他也不搭理。看来我的知名度不够高，在这个中国文学村里我只不过是那个外来的小朋友，别人家孩子一起玩得很高兴时我只能站在边上大哭："我也要跟你们玩！我也要被打假！"

　　不过"韩方之战"到底是不是故意炒作，也是我证明不了的事。光凭感觉我认为他们不是说好了要炒作，而是本来没往这个方向想，各有各的目的，结果顺便变成了炒作。但是，为什么这种炒作如此有效呢？为什么社会一定要关注这个丑闻？

　　德国哲学家斯洛特戴克（Sloterdijk）说我们现在的社会属于"兴奋型"社会，人们没完没了地想找点让自己刺激甚至让自己愤怒的话题。但是斯洛特戴克提醒我们，不是每一件事情都当得上"绯闻"。虽然天天有各种事被各种媒体推广为"绯闻"，但是大众还是会凭兴趣去选择哪些事情值得自己关注，哪些可以被忽略。

也就是说，100个明星出轨不等于100个绯闻。所以，每次我们发现社会正在热烈讨论某一件事的时候，我们应该问自己，为什么这些属于这个地方的人在这个时候选择关注这件事呢？2012年的中国人为什么如此在乎一个年轻作家的书是否是他自己写的？

从文学角度来说，这个问题的意义貌似不是很大。莎士比亚的作品是否是他自己写的也没人能证明，甚至还有人觉得他是个女的或者是一个写作团队，但这会影响大家对《罗密欧与朱丽叶》的欣赏吗？

而且解构主义早在20世纪60年代已经发布了"作者已死"的文章，并否认了作家个人与其作品间的直接关系。这种说法貌似有点难懂，但简单来说就是：看书时何必在乎到底是谁写的？

韩方之战跟文学几乎没什么关系，它更像一种意识形态冲突。"挺韩派"和"倒韩派"的大多数人不会从文学的角度去看这个问题，而是从自己的意识形态出发。因为韩寒不仅是一名作家，更是一种"现象"。跟很多别的作家一样，他要演一个角色，这个角色就是他的卖点。

书商把作家包装起来其实是一件很正常的事，没什么不对的。就从《哈利·波特》的作者J.K.罗琳（J.K. Rowling）说起吧。她是女的，名字叫Joanne Rowling。没有中间名，她本来也不习惯用单一字母缩写自己的名字，但是由于她写的是玄幻小说，书商如此要求。他们或许想的是：读者如果一眼就能看出来她是女的，书就不好卖了。总之她在自己的名字中间加上了Kathleen充数，再一缩，就成了J.K. Rowling。那些习惯看J.R.R.托尔金（J.R.R. Tolkien）老头写的《指环王》（也叫《魔戒》）的人都会觉得这种名字看起来比较熟悉和舒服吧。

就这样，书商证明了一件文学理论者一直在否认的事：作者的身份对读者来说很重要！我在自己身上也发现过这个道理。俺雷克写的这些小破文章，假设不是一个德国人写的，你还会看吗？我跟编辑说让他们尽量改掉所有的语法毛病和错别字，他们说还是要保留我的"风格"比较好。我当然明白他们的出发点。很多人看我的书纯粹属于一种"凑热闹"的态度，看看那个老外在那儿用小学生的中文表达自己的一些莫名其妙的想法。当然，我作为作者希望你是因为内容有趣而看我的文章，但我也不是傻瓜。到最后，我的卖点肯定跟我的老外身份有关。

问题在于，你作为作者的包装，往往不是自己就能定下来的。这我也深有体会。我去年出版的《徒步中国》本来就是一本游记而已，原名叫《最遥远的路》。但中国书商一定要把书名改成《徒步中国》，而且在封面上还加一句："深入社会各阶层一步一步看中国。"当然，有很多人联想到了《寻路中国》，以为我写的是一本调查的书，就好像我是记者一样。

自己身上发生了这种事之后，我对韩寒现象的看法发生了一些变化。

韩寒最初被包装为"青年天才"，在我看来是一件挺好理解的事。突出卖点，做好营销。但是，每一种包装都包含着一种本身的风险。拿我以上的例子说事的话，就是如果我的书的包装是"记者调查"，而读者买了之后发现内容更像是一种"公路电影"，那我不是找骂吗？

韩寒的"天才"包装的风险在于，在我们当今科技发达的年代，天才已经越来越不好当了。你每句错话都会被听到，你每次失态都会被记录下来，而且大家都上过学，都是见过世面的。

当然，很多人不在乎韩寒的"天才"包装了。很多80后都是看着韩寒的东西长大的。他们觉得韩寒写的东西有趣，而且他说的话好像跟他们自己的生活有一定关系。我觉得陈村老师曾经形容韩寒的话很有道理："他说了小朋友们不敢说的话，小朋友们以韩寒为突破口，取得了一种话语权。"

后来，韩寒开始在网上拿自己的立场去评论时政，并获得了比较高的关注度。自从那时候以来，韩寒现象已经包含了"天才""年轻人偶像"和"意见领袖"三个方面。

我想，所谓"挺韩派"的人其实有很多理由维护他，但最主要的理由跟他们自己的身份有关。中国的大都市环境已经后现代化了。后现代的一个特点就是个体化。每个人，尤其是每个年轻人，首先要想办法给自己建立一个属于自己的身份。也就是说，每个人都是由很多不同成分构成的个体：你的家庭观保守还是开放？你偏向同性恋还是异性恋？你对宗教怎么看？你对自己的要求和期望是什么？

这些问题，在以前比较传统的时候还不是很重要。过去的张三没有像现在那么多选择，生活中也没有那么多问号。而20世纪80年代后，一切都变了。老一代被逼着"下海"的人——就是20世纪五六十年代出生的一代——他们是在各种运动的旗帜下长大的，突然就要进入后现代。这个过程很像是在摸着石头过河，很多地方看不清，有很多险滩。但他们的孩子呢——就是所谓的80后一代——都已经完全是新时代的孩子，有自己80后的精神。

韩寒退学便去做自己，而且他的书还陪着一代人长大。不是说所有人都看过，更不是说所有人都喜欢，但最起码绝大部分人都听说过这个作者与他的书吧。就这样，他成了很多人身份的一部分。就像对于我而言，迈克尔·杰克逊就是我身份的一部分。这跟他是不是天才无关。而且，很多人觉得韩寒的观点和想法不错。所以，他成了这些人身份的一个更加重要的部分。当然，后现代的一个很重要的前提就是不能把所有的希望都放在一个棋子身上，要保持一种折中主义态度。尤其在经历20世纪历史之后，人们最好再也不要搞"个人崇拜"。从这个角度去看，施爱东老师曾经说过的一句话有点恐怖："保护韩寒，也就是保护我们自己。"

我觉得有一部分"挺韩派"就是这种思想。由于偶像占了自己身份太大的一部分，所以在偶像被攻击的情况下，他们也感觉自己被攻击一样。

对于"倒韩派"的人来说，攻击韩寒的原因很多。他们或许觉得他的作品不好看，或者他的"天才"包装让他们产生了反感。他们也有可能反对他的政治立场。但在我看来，"倒韩"的主要原因跟社会形象有关，就是当下社会对"真实"这两个字的迷恋。

为什么会迷恋呢？

后现代社会的个体化是一种很痛苦的过程，而且不同社会背景的人有不同的痛苦。我在上面把整个80后一代概括为一体其实很不对，那样完全忽略了这一代人的复杂性，就连城市和农村都已经很不一样。中国的城市化目前刚超过50%，而且"城市"也不等于"城市"，说白了就是富二代和穷二代的具体情况很不同。

还有一个更复杂的因素，就是在哲学上被定为"过度真实"（hyper reality）的形象。它指的是当代社会被全面设计渗透的问题。人们很难分清媒体上的"标志"和生活中的"所指"的东西，有时候甚至觉得好像媒体上的东西比生活中的东西更"真实"一些。我个人很难欣赏安迪·沃霍尔（Andy Warhol）的作品风格，但他20世纪60年代初的作品《金宝汤罐头》（*Campbell's Soup Cans*）恰好可以从这个角度去理解：仅仅几只罐头，被艺术家不加任何改造画成写真画，当时竟让很多人看得很生气。为什么不去画一些"真实"的东西，比如日落啊、人像啊，几个静止的苹果都比这个好。

但是呢，"真实"到底怎么定义呢？

巴黎的埃菲尔铁塔和拉斯维加斯的埃菲尔铁塔，哪一座更"真实"？

这不仅是中国社会要面对的问题，只要是进入了后现代的社会都会这样。"寻找自己"是后现代社会的口头禅，"真实"是后现代社会的迷信。一个过去的农民活得不容易，但他几乎没有我们现在人那么多自我怀疑和对"真实"的需求。

而在这其中，中国作为"山寨帝国"，情形当然又比较特殊。

其实山寨本身并不是问题，它或许只是一个发展阶段而已。山寨的典故不是张三的产品永远被李四仿造，而是等李四自己有条件去加一点自己的创意的时候，李四的产品就会同样被王五仿造。别的国家也不是没有玩过这套。

但是中国的山寨中还有一部分恶意的"忽悠"。毒奶粉、假鸡蛋、假虾，这些都不是什么哲学上的问题，更不是什么"过度真实"，而是中国社会目前的法制还不够发达的后果。

中国人缺乏对社会的基本信任感。这个不能怪他们。

"倒韩派"的主要动机，在我看来就是一种对社会上的各种造假现象的无奈。奶粉你无法管，鸡蛋和虾你也无法管，但最起码这个青年作者，这个无数人的偶像以及意见领袖，你还是可以去管他。

就这样，"挺韩派"和"倒韩派"都以为自己有道理，以为自己是为了社会好，"挺韩"的人是为了维护自己的新精神，"倒韩"的人是为了让社会少一分"假"。

他们的冲突，是没法避免的。

我呢？

我本来不太喜欢韩寒。从他的作品内容来说我觉得他不差，有的杂文甚至不错，尤其比较新的那些，但我一直觉得他的风格相当做作。或许因为我是外国人，看中文比较累，便喜欢直白一点的文笔，又可能是韩寒确实玩文字游戏玩得有点多，反正我总觉得他没话说的情况下老爱耍小聪明。他的采访视频就更令人失望了。没见过那么呆的天才，也很少见过那么自恋的都市美男。加上他随时随地秀一下自己的大男子主义，我简直受不了。

但是写了这篇论文之后，我的看法貌似发生了一些变化。也有可能是由于我自己开始出书了，反正我觉得文笔做作与否也不是很关键的问题，韩寒写过的一些文章还可以，而且被很多人欣赏，这已经是很难得的事情。至于他的韩寒现象呢，我觉得只要是公众人物就很难控制自己的想象（image）。韩寒说话经常让人无语是真的，但我也没见过他私下聊天中是什么样子，所以很难轻易下判断。

他到底是不是假的呢？

我个人觉得不是。他写的东西根本没让我认为那不可能是小孩子写的，就这么简单。

总之在我看来，无论"挺韩派"还是"倒韩派"都有自己的道理，他们几乎都是以一种"善意"去冲突，但是这种冲突往往很不理性，而且它的方向完全是错的。

中国人不应该那么在乎自己的一个青年作者是不是真的。他们应该在乎的是：都21世纪了，假如说言论更负责任感，媒体更多元化的话，假如说法制更加完善的话，大家还会如此需要所谓的"意见领袖"和"打假"吗？

伪君子的感叹号

"成都同城会"发了一则微博，题目为：《天啊，这是在成
都吗？！！！》。（原文地址：http：//weibo.com/1787532275/
zleREudK4）

我觉得，想知道别人写的东西靠不靠谱，首先得看他们用了多
少个感叹号，越多越不靠谱。

话又说回来，那条微博的具体内容就几行字和几张照片。照片
有点模糊，好像可以看到一男一女大半夜在街头进行性交。

"成都同城会"解释说，照片是网友当场拍下来的，貌似当时
还有很多人围观。

好吧，关于这种事情每个人都会有自己的看法。我觉得大部分
人还是不想让别人把自己的私生活摆在外面给大家看吧，而法律又
有自己的规定。在德国，这种行为不合法（类似于"非法暴露"之
类的说法）。但法律其实还有各种例外，比如艺术界的表达自由。
中国的相关法律我不太了解，但我觉得应该也差不了太多。

总体来说，社会还是不允许大家在外面做爱。（但我相信对于
很多人来说，让他们想起海滩啊、森林啊、汽车啊，他们就会有一
种很美好的、很刺激的回忆。）

好吧，咱们来看"成都同城会"对此事的评论："吧主跪求套

图或者视频啊……"

为毛片卖萌？我建议还是去国外网站，外面好玩的片子多的是。

另外就是"成都同城会"最后的一句评论，我实在有点不好理解：

"吧主想说：妈妈教育我们，千万别喝太多酒！你们怎么都不听啊？！！"

感叹号你好。

你既然已经知道别人喝醉了完全忘我，那你还把他们拍下来吗？你拍下来还不够狠，你还放到网上去吗？你放到网上去依然不够狠，你还用一个几万粉丝的大V账号去转发吗？大V转发了依然不够狠，你还用这种语气去评论他们自己的事吗？

在短短几行字里，"成都同城会"提了一个值得思考的问题："节操何在啊？"

对啊，节操到底何在？

感叹号再见。

"洋垃圾"论侵害儿童

最近某网友转发《英国性侵儿童逃犯是怎样当上外教的？》的帖子给我看，希望听我说我对于满街的"洋垃圾"怎么看。

这个……

我觉得满街的"洋垃圾"和性侵儿童应该算是两码事吧。

网友坚持要让我评论，因为"既然你连吴语方言的事都管了，我想你们都是欧洲人，可以来发表两句评论嘛"。

嗯，好吧，那我就配合一下吧。

以下为我对此事以及对"洋垃圾"的评论：

首先，我很少转发"求助""求推广""帮转"之类的微博，因为我觉得很多是骗人的。在我无法确定真假的时候，我尽量不转发。

其次，我很少评论针对个人的微博。虽然我也会拿郭美美开玩笑（我也没觉得那是我微博中的杰作），但是一般的情况下，我还是比较喜欢说一些社会倾向，而不说某人怎么怎么样。

说到这个英国性侵儿童的人，我实在不知道你想听我说什么。骚扰小朋友是一件相当可恶的事情。不管你是哪国人，哪怕你是我的亲戚，我也不会为你骚扰小朋友帮你想借口。毫无疑问，这是大家的共同道德吧？

　　所以我希望那个英国男的，如果关于他的消息是真的，如果他真的是性侵儿童的逃犯，我希望他赶紧被捕。评论完毕。

　　至于"洋垃圾"呢，我觉得那确实是个社会倾向。中国这几年外国人越来越多，而且明显不仅是最优秀的人会到中国去发展。这件事，我觉得大家都意识到了吧。

　　我自己作为德国佬可能不是特别爱听"洋垃圾"这个说法，但其实也没有什么大不了的，我不会特别在意这些。我从来没觉得自己能代表他人，更没觉得他人能代表我。

　　我是"洋垃圾"吗？不好说。

　　对于我来说，别把我当老外就好。如果把我当老外的话，别太把我当回事就好。你当然可以讨厌我，理由多的是！讨厌我，因为我啰唆，因为我中文不够好，因为我的观点跟你不同，因为我太爱自拍，因为我缺乏礼貌，因为我素质没你高，因为我是流氓，因为……因为我是个大垃圾。

　　但是呢，如果你讨厌我仅仅是因为我的"洋垃圾"身份，那我只能说：

　　"亲爱的，你有能力，只是缺乏创意。"

被"洗脑"的我

关于"洗脑"的问题，有些人会说："过去的人被洗脑跟你现在被洗脑是一样的，别以为你自己没有被洗脑！"

首先我觉得很难分别"洗脑"与"教育"本质上有什么不同。如果一个小孩儿天天上幼儿园，而幼儿园的老师们教他一些环保主义以及世界和平主义的想法，那么他们算不算给他洗脑？我尽量不乱扔垃圾，也从来不爱看到别人乱扔，这是我自己想出来的道理还是我被洗脑成功？如果我们西方媒体到处宣传资本主义的好处，那样算不算洗脑呢？这跟纳粹时代的教育与洗脑有什么不同呢？

有所不同。我们当下的社会算是进入了后现代，也就是说，它国际化了，个体化了，多元化了，尤其是城里的社会。我们也避免不了自己受到一些"教育"以及"洗脑"，但我们可以自己做一些选择。

我们周围可以看到各种各样的人：有保守的，有开放的；有本地人，有外地人；有"左派"，有"右派"；有同性恋，有异性恋；有玩摇滚的，有玩朋克的，有玩说唱的，有玩红歌的；有信教的，有信钱的；有知识分子，有工人，有农民，有艺术家，还有一部分以自己的文化水平有限为傲的人。

这些现在都很正常，但过去不正常。

在过去，反正在我们所谓的"第三帝国"的时候，教育和洗脑的成果不是这样的。那时候是我们所谓的"元首"（国家领袖）说了算，他觉得怎么样比较OK，下面的老百姓就必须这么做。

当然，那时候每个人也可以坚持有自己的想法，但大家最好别把它说出来。

这就是"教育"与"洗脑"本质上的不同。

鸡皮埃斯，让我傻

我觉得很多外国人包括中国人普遍认为德国人都很喜欢车，对吧？其实我对车不是很感兴趣的。尤其对快速开车，我更没什么兴趣。

我这样的性格让我在北京的哥们儿小黑多么失望！他是湖南的，在北京好几年了，口音都已经完全有北京味儿了。那哥们儿喜欢汽车，喜欢足球，喜欢啤酒，认识我这个老德时他特高兴，就好像我们有很多共同话题可以讲。结果没有。可怜的他发现我对车没兴趣，对足球没兴趣，也不怎么爱喝啤酒。回头想，感觉自己不是很像典型的德国男人。

我会开车。17岁在美国学车时，问老师啥时候考试呢，他说刚刚考完了！我简直惊呆了。问他我有没有考过呢，他说，让我再想想。

第二天，我拿到了驾照。

老美开的车一般都是自动挡的，方便他们一边开车一边吃汉堡包喝可乐什么的。在美国，开车是一件非常简单的事情。路宽，停车场多，速度低，连高速公路都限速104至120公里每小时。就好像没有任何技术含量了，很轻松，连傻子也会。

不过，开车本身是为了什么呢？对于我而言，开车只是为了从一处移到别处而已。我不觉得自己坐在方向盘后感觉很享受，包括在不限速的高速公路上开车也不怎么享受。

　　记得曾经给德国欧宝（Opel）公司打工，在汉诺威展会上给几个领导人当司机。当我们完成任务时要把车送回欧宝公司，几百公里的距离，大半夜的时间，高速不限速，别的车很少，欧宝配的车质量又不赖。那时候很长的一段路都是以240公里每小时以上的速度开的。

　　我到达目的地时发现其他司机好像很兴奋的样子——终于有了一次机会开质量好一点的车，也不用考虑油价，开得越快他们越高兴。我倒不是。我只是觉得很累，很想回到我那辆帕萨特上去（20世纪80年代老款的方方的那种）。

　　那辆车是我老爹在20世纪80年代中期买下来的，是他一辈子唯一买的新车（其他的都是二手车）。买时考虑的主要是车子能否装上三个小孩儿加一条狗，还有车子省不省油。当我18岁刚从美国回来的时候，我爸买了一辆别的车，便把那旧的帕萨特留给我当生日礼物。

　　我记得自己下楼，车上绑了一些气球，老爹把钥匙给我，拥抱一下，我就成为车的主人了。我们住在北德小镇上，没有车很不方便。

　　那辆帕萨特当然是手动挡的。貌似德国人普遍认为自动挡没有任何技术含量，感觉不到自己在开车一样。所以，那些德国人为了开"真实"的车，就选择开手动挡的。我实在不能理解这种思维。在美国学车时，一只脚负责踩油门和刹车，另一只脚理论上可以从车窗伸出去晒晒太阳——我们开车时不需要动它。手也是一样的道理，一只手负责方向盘，另一只手可以拿来干别的事情。吃汉堡包，喝可乐。

但这辆典型的德国车就不是这样子的。开我的方方的帕萨特时，我两只脚两只手一直都很忙，似乎自己在劳动一样。

对开车没有兴趣的我便开始关注音响了。我在帕萨特里装了一台建伍（Kenwood）播放机，加了几台扬声器，在我们小镇上慢吞吞地开车时听说唱，声音开得巨大，我感觉自己特酷！我还买了一双用塑料做的大筛子挂在后视镜上，插进点烟器就发光的那种。

当然，我爹多觉得我开车时像个流氓，虽然速度不高也从来不发生事故，但是态度有问题，不够正经！而且，警察也这么认为。我无数次被各种交通警察查过证件。

有一天晚上，警察在我在慕尼黑读书时住的地方附近问我："来我们这个平安的地方干吗呢？"

"拜托，那边是我的家好吗，麻烦警察叔叔把蓝色警车灯给关掉，万一被邻居看到了多尴尬啊，我又不是贼好吗？"

警察叔叔不肯："驾照！车证！"

"忘了带，要么上楼去拿？"

"不要，驾照不在身上罚10欧元，缺乏车证再罚10块。就交10块吧！"

"怎么不用交20块呢？"我就想让他气死。

"我说的是10块，年轻人！"

"无驾照10块，无车证10块，一共20块！"

"对，但我说的是：10块！"

"咱们这儿什么时候开始这样了？还是按规矩办事吧，我要么交20，要么一分也不交！"

"我是警察，我说了算！10块！！"

"20！！"

那时候坐在警车里的另一个警察从车窗探出头来问："呃，你要是钱太多了就去捐款嘛！"

我们俩都很无奈地看着他。

最后，作为普通百姓的我，在警察面前只好认输。警察赢了，我边喃喃自语边接受10欧元的罚款通知单。

总觉得德国交通警察很厉害。即使你乖乖开好你的车，他们一旦盯上了你的话还是能给你添麻烦。要么坐后面的人没系好安全带，要么证件不足，要么某个灯不够亮，要么急救包过期了，要么你的车没有通过每两年必须通过一次的官方汽车检查。警察盯上了你，你就惨了，他们先说你，再罚你钱。

不知道那些热爱开车的德国人怎么受得了这种压力。比如很多年轻人爱玩改装车，让车子外观显得更威武，或者更换发动机。这种改装车自然会被警察盯上。但那些人不怕，车对于他们来说不仅是一种交通工具，而且是一种生活方式。他们不怕麻烦。

包括看地图这件事，在不少德国人眼里也是一种技术。他们甚至排斥导航系统，因为他们认为，开车时听从鸡皮埃斯（GPS）机器的声音是一件很没有技术含量也缺乏独立思考的事情。他们会说，习惯性用导航系统的人，迟早不认路，变路盲，也就是说，变傻了。

按照这种说法，我吃面包店卖的面包是否也说明我变傻了，因为我不会烤面包了？

记得小时候跟爸妈还有弟弟妹妹出去旅游，一般是开车去欧洲南部，比如意大利或希腊。那时我爸妈开的就是那辆方方的帕萨特，一般是我爸负责开车，我妈坐在他旁边负责看地图，我们三个小孩儿坐后面负责不闹，要么发呆，要么吵吵架，要么玩游戏。忘了说，那辆帕萨特当然没有空调。我们一般夏天的时候出去旅游，车上热得很。

悲哀的是，开在各国道路上的我爸妈经常因为迷路而吵架。要么是我爸没听懂人家跟他说的高速出口是哪一个，要么是我妈没搞明白地图上是怎么标的。记得车上的温度很高，有时候从我弟弟尿布里冒出一股臭味儿，而从车的前面能传来我爸妈低声吵架的声音。

我想，那时候如果有导航系统就好了！让GPS机器里的大姐好好告诉我爸在哪个出口下高速，让我妈不用看地图，让他们俩不用因为这些破事费劲，不用吵架，让我们一家人有更多的时间一起玩！如果有自动挡的话就更好了，我爸少了一项任务，多了一只空手；如果有空调的话就完美了！

可见，对于我这种人来说，最好的汽车，当然是全自动的汽车。

我的2013

　　今天是11月7日，我在德国哥廷根（亦译格丁根）附近坐火车。哥廷根是一个老大学城，季羡林先生70多年前在这上过学。自从我看过他写的回忆文章之后，我觉得他当时在纳粹德国过的生活相当神奇。不过我现在不能让自己随便乱想，而是告诉自己要集中精力，好好写一篇《我的2013》出来！

　　实话实说，11月初写这种"当年记忆"在我看来是一件很莫名其妙的事情。这也是中德两个民族都应该懂的道理。就好比换一个德国人，要他在1989年11月初写《我的1989》，他肯定会给你写一大堆东西，不料交稿后不到几天，巨大的历史事件就会发生：柏林墙塌下来了，一波一波的东德老百姓往西德跑！那么，他的《我的1989》还有什么价值吗？更何况中国，假设咱们让季羡林他爸在1911年11月初的时候给他写《我的1911》的话，他爸肯定会给他讲自己怎么有了个小儿子什么的，没想到再过不到两个月清朝就不在了，中国人几乎彻底告别了君主制度！

　　不过话又说回来，这种"秋天的当年记忆"也是中德两国共同的毛病，德国人也很爱在11、12月份看各位专家分析当年的情况，就好比我们在德国选举的那天很爱下午看电视，虽然票还没有完全被数出来，但是专家已经开始告诉你这次选举的结果是什么。也有点像德国超市在9月份的时候已经开始卖圣诞甜品一样，让人觉得哪里不对劲。

不过啊，既然我答应写《我的2013》，那么我还是少讲一点废话，好好写吧。

我觉得我将来对2013年的定义会是，那是我的书第一次在中国上市的时候。其实从我用德语写原版以来，我一直想出中文版，毕竟"最遥远的路"是在中国走出来的，不跟当地人分享实在太可惜了。没想到中国读者的反应如此热情！

自从书上市以后，我去了几次中国，接受了N多次采访，上了《一虎一席谈》（我糊涂死了），上了《非常了得》（我紧张死了），也上了《锵锵三人行》（我开心死了）。总之，我发现中国出版社在营销方面非常给力，但是让我印象最深刻的还是那些读者的来信。我收到很多读者的邮件和评论，有年轻人也有老人，有待在家的人也有在路上的人，他们跟我讲他们对自己家乡的看法、他们的愿望和他们看我的故事的感受。他们说的话让我觉得当代中国人的心灵跟雏鸟一样，最想做的事情就是飞出去到处看，而他们的脑袋跟海绵一样，最想做的事情就是不断地吸收新鲜的思想。我们可以拿中国传统思想去解释这个现象：读万卷书，行万里路。但我们亦可以说这是典型的西方思想，就是史蒂夫·乔布斯（Steve Jobs）在他去世之前给世界留下的那句名言：Stay hungry, stay foolish（物有所不足，智有所不明）！可能东西方的文化差异没有我们想象中的那么深。

总之，我觉得那些留言中的中国梦很可爱。

当然不是所有人都喜欢我的书。记得那天早上我睡醒后打开手机，有一条我的中国编辑发来的消息，她说："雷克你去看看你的书在网上被骂了！"旁边还加了几个笑脸，让我觉得她很高兴的样子。

确实该高兴了。那些网上骂我的声音有一些很有意思，辛辛苦苦地把笔误和错误都找出来了，再加上他们对我人品的各种意见，基本上就把我骂光了。为什么要高兴呢？因为写东西的我最怕的事情其实并不是被骂，而是无视。在那些赞扬和怒骂的声音当中，我的书销量很不错。

在中国待过一段时间的我，貌似已经习惯了到处都找"内幕"，评论任何事的时候先发表一句"你懂的"，所以我差一点就给那个骂我最难听的人发私信说："谢谢你，我知道你是为了我好，看你那么认真地读我的书实在有点不好意思，希望出版社给你的酬劳还OK。"还好我当时犹豫了一下，先问编辑是否真的是他们安排的人在炒作，结果她边否认边哈哈大笑。

对于我而言，2013年就这件事最经典：我很高兴被骂死，我的编辑笑死。

别人的私生活

前一段时间我在北京亮马桥跟一个东北哥们儿吃饭。我们去了一家泰国菜餐馆，觉得还可以，味道不错，而且服务员长得挺养眼的。

不知道怎么回事，应该聊一些恋爱之类的男人话题的我们，在吃咖喱酱和喝杧果汁时说到了韩寒。

"韩寒已经过时了。"东北哥们儿说。

"怎么过时了？"我想，他指的应该是去年韩寒被质疑造假的事情。

东北哥们儿说："韩寒家里发生了一些事，好像有外遇什么的，所以很多人认为他当意见领袖不合适。"

"你觉得不合适吗？"

东北哥们儿笑："我倒觉得无所谓啊，但是很多本来崇拜韩寒的人很在意这些！"

我想，这一点也挺奇怪的。

韩寒作为名人，作为某种意义上的"偶像"，被关注的点应该在于他的言论和作品，而不在于他的私生活。

再换个例子吧。

德国人讲道理往往离不开希特勒，所以我在这儿突然很莫名其妙地联想到希特勒算见怪不怪吧。就希特勒而言，他的私生活不是很丰富。当"元首"的他当时有很多女粉丝，但是他貌似对那些事情一点兴趣也没有，只关心他的政治。他有一个女朋友，叫爱娃·布劳恩，但这份感情被历史学界公认为比较像柏拉图式的恋爱，更多是精神上的感情，而不是性关系。

那么这一点又能说明什么吗？希特勒的私生活再保守，他还是发起了犹太人大屠杀和第二次世界大战，不适合当意见领袖。我宁可他有100个男女朋友，也不愿意他宣传种族主义以及军国主义，带德国走向通往奥斯维辛的道路。

怎么说到希特勒去了？不是本来还在说韩寒吗？韩寒不是政客，他是一名作家。

那么作家的私生活也有各种各样的吧。

随便抽几个比较有名的写字的人：海明威，演"纯爷们儿"角色，结了几次婚，骗了几次老婆。李白，爱喝酒，后来被一些人认为"风流"。托马斯·曼，有老婆有孩子，暗地里还是同性恋。

这些又能说明什么吗？我们对他们作品的评价变了吗？

记得前几年看了一部连续剧，讲徐志摩和他生活中的女人的事。其实我有点受不了电视剧当中徐先生对女人的态度，觉得他在感情方面好像既贪心又缺乏决心，总体来说表现比较"娘"（女性化）。但是这个能说明他的诗不好看吗？

至于韩寒，我觉得他的作品和言论有不少有价值的地方，也有很多值得批评的地方。

那天我跟东北哥们儿吃泰国菜的时候，聊了很多关于社会和政治的事。

韩寒的文章，我们也聊了。

他的外遇，就算了。

chapter 2 走过的路

德国人的中国旅行之路

写"在中国旅行"的专栏真是难为我了。

首先"旅行"这个词，我作为外国人都不知道旅行和旅游有什么本质上的区别。在网上搜了一下，发现很多人在这个问题上得到的结论就是，旅游等于旅行加上游览，而游览本来是没有意义的，所以旅游也没有意义。在那些人眼里，旅行才是一件有意义的事情。我想，怪不得网上有那么多自称"行者"的人啊。

还有，这个"意义"何在呢？

其实我觉得旅游也好，旅行也好；你去登山也好，徒步也好；骑车也好，搭车也好；坐火车坐飞机都好；你路上住帐篷也好，住五星级酒店也好；吃夜宵也好，吃德克士也好……这些都很好，只要你的心态是开放的就好。如果你能保持一种天然的好奇心的话，那么你的每趟旅行就有意义了。

你就一直在旅行。

我是爱好徒步的人。喜欢徒步的原因很多，主要是我觉得慢一点好。奇怪的是，大部分人第一次听到我那些徒步的事情，他们的反应往往是说"厉害！"之类的话，而不是"好玩！"

我听着总觉得有点尴尬。什么叫厉害？养一个小朋友，不把他养失败，那叫厉害。徒步呢，其实是一件很简单的事情：你走出你的家门，再走出你的村庄、县城、都市，你要是继续走的话，一步一步地走，你就会发现自己开始徒步了。有意义吗？未必。看你的心态开不开放，如果你不开放的话，那就是一种运动罢了。

我们出去的动机之一就是我们想发现一些自己没有发现的事情，对吧？比如中国。

说"中国"其实更难为我了。

在我德国的家，人们一般都会觉得，因为我在北京待过几年，又学过一些汉语以及汉学，再加上我在中国徒步的经验，所以我应该特别了解中国。未必。就算你身为中国人，我相信你也不一定觉得自己很了解中国吧。中国太大了。十几亿人，每个人都有自己独有的想法，南方人，北方人，农民，城市居民，各种民族，富二代，穷二代，男女老少……我看到这幅画面其实早就眼花了。不过我觉得它非常有意思。

很多外国人，包括一些中国人也是，他们觉得中国很神秘。我觉得不神秘。在我看来，有时一个上海白领跟自己远在西北的哈萨克族同胞聊天，其实不如他跟英国伦敦或者法国巴黎的白领聊天有共同语言。我想说的是：城里的生活就是复杂，农村的生活相对来说简单一些。

所以我喜欢在乡下旅行。

那么我最后还是说一些在中国旅行的事吧。身为外国人，我在中国受到的待遇既有坏的方面又有好的方面。

　　最明显的坏处就是我往往被围观：老外买票，老外吃饭，老外说话，甚至老外呼吸这些事情好像都很值得一些人去围观。有时候搞得我只想让自己消失了。还有，我们外国人当然有时候会被忽悠。故宫门票卖完了？没有问题！黄牛党出现在你面前，卖给你张票，赶你往大门走，反正你到了才发现你买的票是假的，而黄牛党早就不见了。这种事情不少，不过好处还是比坏处多。

　　最明显的好处就是中国人热情好客，尤其在乡下。炎黄子孙一直到现在都能讲"有朋自远方来"这句话，是一件很了不起的事情。身为外国人去乡下，总会有人想请你吃饭，找你聊天，说说中国和外国的事，说说生活中的大道理。那些人的这种好奇心，我觉得相当棒。他们的心态就好像是在旅行一样。虽然没有真正出门远行，但是他们能保持天然的好奇心，通过跟我们这些外来的人谈天说地去发现一些自己没有发现的事情，这是多么值得学习的心态啊！

　　有一些人认为，这种热情好客是属于崇洋媚外的自卑态度，甚至属于给国家丢脸的事情。

　　如果你们中国人到了我们德国，在德国乡下受到同样热情好客的待遇，我不仅会为你们中国客人开心，而且会为那些德国人骄傲。

　　因为我希望有更多的人可以这样，就算人没有出门，心也在旅行。

新疆是个好地方

　　2005年夏季的某一天，我在汉诺威机场哭了。我的登机牌上写着法兰克福和北京两个地名。第一个我去过好几次，第二个我想都没想过去，但由于大学专业选的是汉学，我将要去北京待一年，"身在异乡为异客"。我在机场要过安检时才反应过来中国对于我来说是一个多么陌生甚至可怕的地方。我泪流满面。

　　结果等我到了北京才发现我很喜欢那个地方。

　　我在海淀区租了一间自己的房子，天天吃好吃的，交很多朋友，时不时出去散步拍点照片什么的，留学生的小日子过得相当舒适。那时认识了个法国姑娘，住在隔壁，我们一起聊天喝茶。她跟我讲起她的一个朋友来，也是个留学生，但跟我们不同，他到乌鲁木齐去了。

　　乌鲁木齐啊！我惊呆了。乌鲁木齐在新疆，而新疆对于我而言意味着中亚、戈壁滩、沙尘暴，各种事情！我在北京住的房子很舒服，走几百米就有城铁站、沃尔玛、各种快餐厅，跟那个待在乌鲁木齐的留学生比，我觉得自己简直弱爆了！

　　两年后，我开始实施从北京往德国徒步的计划。那时我依然怕新疆。经过太行山时经常被当地人警告，说新疆不安全，自然环境也不大适合人类生存。

他们都劝我千万别去新疆。

我是到了甘肃嘉峪关才第一次听说"关里"的说法。西北人叫嘉峪关长城以内的地方"关里"，就是"内地"的意思，而长城以外的地方他们一般不叫"西北"，而是会加个"大"字，表示以自己的"大西北"为傲。

嘉峪关和敦煌那一带戈壁滩好像两个不同世界重叠的地方一样，那儿的人既属于大西北又属于关里，他们不怕从嘉峪关往西走，也不怕转身往内地发展。因此，我几乎忘记了那些曾经劝过我"别去新疆"的声音，我从嘉峪关长城出去，让关里留在背后，开始往地广人稀的大西北行走。

结果，我到了新疆才发现新疆是个好地方！

在哈密附近跟一家维吾尔族人吃饭，儿子讲起自己去关里发展的想法，母亲哭天抹泪，让他千万别去内地，说那儿人山人海，治安乱，连食品都不安全、不能吃！

说完她就看着我，貌似想让我帮她跟儿子说内地有多危险。

我什么都没说。但是大家因为相互不了解而害怕的这个问题，我想了很久。故事还没完。

在我走到乌鲁木齐的时候，我问了一个当地汉族人对此事的看法："内地人为什么觉得新疆可怕呢？"他说，可怕的不是北疆，而是南疆！两个地方完全不一样，北疆以汉族人为主，还有很多别的少数民族，而南疆是维吾尔族人比较多的地方，那儿的治安不好，比较乱，让我千万别去！

这个回答引发了我强烈的好奇心。我作为德国人怕中国。中国人怕新疆。新疆北部人又怕新疆南部人？

为了看个究竟，我买了张飞机票。从乌鲁木齐飞往喀什，南疆。行李一托运，手中拿着登机牌站在安检处排队的那一刻，我突然有了一种似曾相识的感觉。我不是应该害怕吗，就像两年前在我家乡汉诺威机场准备去中国之前一样？

但我不怕了。

结果我很喜欢喀什。景色有意思，美食文化很棒，还有那儿的老百姓也很热情。我很不容易学会了一些普通话，但我不会说维吾尔语。不过我知道，维吾尔族人肯定跟别人一样喜欢听到外来人用自己的语言打交道。因此我学会了一些简单的说法：维吾尔语的"你好""谢谢""再见"。每次一说，对方就很开心。接下来我会用普通话解释我其实不会维吾尔语，他们表示理解，我们便用普通话接着交流。每次都很好。

让我最难忘的事是晚上吃饭时，在一家维吾尔族人开的店里吃板面。结账时老板找不开100元，我说不要紧，我们明天再来吃，那时候找老板还吧。老板表示被我对他的信任感动。第二天晚上再进他店的时候，他对我的待遇就跟老朋友一样。

我很喜欢南疆，大家都会喜欢南疆。

一双鞋

有一次我在路上看到一双鞋。

那是在陕西省咸阳市，那时候是3月份某一天的上午，是阴天。那天我要走的距离特别短，基本上算我走过的最短的一天距离：三公里。我那天要从咸阳的东部，就是渭河大桥那边，出发往西边走一走，换一家便宜一点的宾馆。

走了没多远我就在路上看到了那双鞋。左右貌似不搭配，但仔细看还是一双鞋。那双鞋被很多人围观。

其实我在马路上走过来的时候，我先看到的是那些人，然后是两辆警车，再然后才是那双地上的鞋子。大家围观的其实也不是鞋子，而是一家医院的大门，好像有人在那儿吵架的样子。我问身旁的一个老爷爷怎么回事。他说不知道。我重复我的问题，他说那些人好像在吵架。我指着那双在地上的鞋子。这下老爷爷往下面看，盯着鞋子看了一会儿，抬头说，这个就真的不知道了。

鞋子我想不通，还是看热闹好一点。我喜欢看热闹，尤其是旅行的时候。在我刚来中国的时候，我还有点不习惯很多中国人貌似很喜欢凑热闹。如果公共场所哪里发生了什么事，立马就有一群人围观。开始的时候我觉得那样不文明，就好像那些正在吵架的人受到了屈辱。但是后来，在我开始跟别人一样围观那些路上发生的事

的时候，在我学会了跟别人一样当场发表评论和提意见的时候，我
明白了一个道理。这个道理就是，到底什么事情比较值得我关注？
电视上有连续剧，路上有人吵架，哪个好看一点？电视上的那些情
绪都是假的，是导演让演员做给我们看的。作为一个"文明人"，
我早就习惯了看代替品，不看正品了。而此刻这个正品正在发生，
就在我面前，在这家医院的大门口。我走近一点看。

　　医院门口站着一个男的，大概40岁的样子。他上身穿皮夹克，
裤子是黑色的，可惜脚我看不到，因为我很想知道那双鞋是不是他
的。他好像很生气，不断地试图往医院门口冲过去，被身边几个警
察给拦住了。他在吼。我听不懂他具体在吼什么，但是我能听出他
的声音几乎已经不行了，好像他已经吼了很久。

　　医院门口站着几个人，可能是那男的的对手吧。只是他们的衣
服都很正常，就好像他们跟医院没关系。他们也在吼，只是声音没
那男的大。我站在人群中，背上是我的大背包，我忘了它的重量，
脚上起泡我也忘了，就跟周围的人一起看热闹，偶尔发表一句评
论。透过医院很多窗户可以看到护士，她们在往外面看，看到楼下
吵架的人们，看到警车，看到警察，还看到我们这些凑热闹的人。

　　"怎么回事？"我问一个站在旁边的人。

　　"把家人给弄死了。"他说。

　　"谁？"

　　"医院。"

　　我这下才看到站在正在吼的男人身后的人，他们戴着办丧事的
白色帽子。真的有人死了。我想离开这个地方，不想凑这么严肃的
事的热闹。

　　这时候警察突然开始动了。一辆警车是面包车，车门被一名警
察拉开，观众立马往别的方向移动，就好像大家都怕自己不小心被
弄到警车里面去。前面一片混乱。警察抓住了吼着的男的以及另外
几个人，把他们塞到面包警车里面。车门关上的时候，吼声明显小
了不少。我周围的声音好像都是在喃喃自语，人们在讨论他们所看
到的事情。

　　面包警车开走，过一会儿就不见了。有一些人回到医院里面去
了，观众渐渐变得稀少了。今天的温度不高也不低，比较适合走
路。我在想那些被警察送走的人，还有那条被医院送走的性命。谁
知道这些事情的真相？

　　我突然想起那双在地上的鞋。

　　找不到了。

雨后西施

戈壁滩不经常下雨，但当这个地方选择下雨的时候就很威武，会下很大的雨，貌似天上某神在大量地倒水一样。

有一次下大雨的时候我在嘉峪关某家宾馆里面休息。一般下雨的时候，我最喜欢在帐篷里面躺着，听雨点噼里啪啦打到帐篷的尼龙布上。我还很喜欢坐在屋子里，开着窗户往外面看，看那些雨点掉到地上渐渐集成水潭。可惜我平时太忙，要么是没时间，要么是没有精神去欣赏雨天。

不过那天嘉峪关下雨的时候不是这样。因为我在路上，所以我没有什么更重要的事情要做，只好打开窗户往外面看，欣赏雨天。

过了一会儿它就停了。我往上面看：晴天了。戈壁滩的天气果然神奇。

我下楼去看。宾馆大门前有几个人在拖地，停车场到处都是水。我站在大门旁，边喝饮料边看街上的人过马路。他们很不容易，因为马路上很多水，所以不光要小心别把裤子弄湿了，而且还要相当注意那些过来过去的车辆不要把他们弄得一身全是水。我发现有一些司机还真是故意的，他们会很快地从那些人的身边开过去，雨水波浪似的冲上来的时候我忍不住地笑。

一辆出租车在马路边停下来，里面有个老人。在他正准备下车的时候，有一个年轻小姑娘跑过去帮他开车门，扶着他走上人行道。我想他们应该是亲戚吧。结果我错了。老人走到了人行道之后，笑着对小姑娘表示感谢，然后就走人了。他们不认识，小姑娘只是想帮忙而已。我又想起了那个名字：雷锋。其实我不知道真正的雷锋是谁。反正这位小姑娘不像是在作秀的样子，而且也没有人在给她拍照。

仔细看她还挺漂亮。

我继续关注那些过马路的人和那些把过马路的人打湿的车。回头一看，突然发现小姑娘捡了一只小鸟。

我认不出那是哪一种鸟，反正是小小的那种。小姑娘蹲在地上把它捡起来了，小鸟很给面子，乖乖地坐在她的手上貌似盯着她看。她轻轻地往小鸟的身上吹气，带着微笑跟它说一些什么话，很小心地不去碰它，就把手往上下动一动，让小鸟体会到飞翔的感觉。我看小姑娘想通过这些方式把小鸟的自信给培养出来。

有一些人站在边上围观，包括我也在围观，只是小姑娘当自己没看见我们，还是她真的没有看见？我在想，我其实挺想跟她说一些什么话，只不过我没想好具体要说什么。小姑娘你好，我相信一个人的内心就可以从这种小细节里看出来，我想跟你说：你很好！

我还在纠结跟她说什么的时候就发现她衣服背上有两行字，而且是英语的：school punk。仔细看，上下还有两行，拼在一起就是：love school yard punk。爱，校园，朋克。最后再加上三个感叹号。

我一直没想好自己要跟她说什么。

最终，那只小鸟就这样从那位小姑娘的手上飞走了。

舌尖记忆

"舌尖记忆"这个题目很好听，而且很文艺。换一种说法也可以叫"巴甫洛夫之狗"。那只狗是这样的：俄罗斯科学家一只手上有狗粮，另一只手上有小铃铛。给狗看吃的，狗就会流口水。给它听铃声，没有反应。科学家决定每当喂狗吃东西时让小铃响一下，不久后发现了，狗只要听到铃声就会流口水了。

"舌尖记忆"就是这样，在你的脑海中有一个链接，把两个不同的印象绑在一块儿了。

比如我七八岁过复活节时趴在我们家地板上，我爸进来，送我最新的一本我最喜欢的漫画：法国的《阿斯泰利克斯历险记》（*Astérix Gaulois*）。要知道德国人过复活节会放几天假，而且不断吃甜品，主要是一些专门准备的小巧克力蛋。趴在地上的我边吃巧克力蛋边看故事，每一句话都要慢慢读，每一幅画都要仔细看，认真把它看完了还要重新看，在几天的时间里把那本漫画看了好几遍，而且我一直在吃巧克力蛋。

我变成了巴甫洛夫之狗，而那本《阿斯泰利克斯历险记》漫画变成了让我流口水的小铃铛。我只要翻开我的那本被摸得油油的漫画，就会产生吃复活节巧克力蛋的念头，会流口水。

说了那么多，我还真想把它找出来看看。不过，我没有小巧克力蛋可以吃啊！就像我没有中国菜一样。因为我在德国。

哎呀，我其实不想接这个关于美食的专栏，不想让自己郁闷。去了一次中国的人，似乎得了一种永远治不好的病一样。这个病，就是人回家了以后会想念中国菜。我人在德国，吃不到中国菜，我能不郁闷吗？

回头想，还是以前比较好。以前我还觉得德国的"中国菜"太棒了。我们家那时候住的小镇上有一家中餐馆，到底是不是中国人开的我不记得，也无所谓，小镇嘛，反正没人在乎。菜谱也就是一些炒面、炒饭，还有自助餐，平时客人少得让我们怀疑那家店是不是为了洗钱而开的，而且吃了一次之后我们全家拉肚子，但无论如何，我一直很喜欢吃"中国菜"。我妈会逼我们用筷子吃。她认为，吃亚洲菜不用筷子是一种很严重的"缺文化"的表现。对于我们三个小孩儿来说，有没有文化完全无所谓，但我们喜欢用筷子。虽然效率不高，吃饭的速度比较慢，但筷子几乎让"中国菜"变得"更中国"。我们一家在空荡荡的中餐馆吃炒面，吃炒饭，爸爸妈妈品尝几口荔枝酒，偶尔听到谁的筷子噼里啪啦掉到地上了——那是属于我青春中很美好的回忆。

我是到了中国才知道我之前吃的"中国菜"并不算很地道，甚至可能会被土生土长的中国人拒绝去吃。而且我发现了"中国菜"这个说法，其实是个很模糊的概念。记得上高中时听老师讲，他在某个地方听说世界上不仅有七大奇迹，而且还有七大美食。我们问他到底哪些国家的美食算得上"大美食"，其实不是因为我们真的对这个话题感兴趣，而是因为我们很喜欢听他讲讲他的那些奇闻和科普，反正是课外话，考试时没人问你知不知道。我也是半睡半听的状态，但我记得老师说，欧洲就法国菜和意大利菜算得上"大美食"，什么德国菜啊英国菜啊根本拿不出手，而且我们热爱的希腊菜也不行，全是一些农民烤的肉，土耳其菜就不一样，土耳其菜很讲究，很有文化，算得上"大美食"。

当然，他说的七大美食也包括所谓的"中国菜"。爱吃我们家小镇的中餐的我觉得他说的话很有道理，那些用筷子吃的炒面啊炒饭啊确实好吃得很，便决定跟爸爸妈妈说要不要这两天一家人去那儿吃饭。坐在课堂里，想起那些美好的炒饭炒面，发现自己嘴里唾液突然分泌加速。

巴甫洛夫之狗，还真是无处不在。

如此美好的回忆，也就是回忆罢了。我去过中国之后再也没有回到那个我们以前常去吃"中国菜"的中餐馆。自从我得了"正宗中国菜"病之后，我再也不想吃不地道的欧洲式中餐。

而且我发现了我的老师说得不太对。世界七大美食的说法虽然好听但不好用。中国有好几种美食文化，比如有川菜、湘菜、粤菜和鲁菜——到底哪个代表"中国菜"？而且光一个川菜是不是已经算得上世界七大美食之一？

我觉得在这方面，中国真的很霸气。

　　现在想起那些我在中国吃到的东西时，我不仅会流口水，而且还会心酸。那只大大的西瓜，我2006年夏天在兰州住平房小招待所时吃的——晚上把房间里的凳子挪到门口外面去，西瓜切一半，用勺子慢慢吃，把瓜子儿吐到地上，看路上的人走来走去，那是一份多么美好的回忆！

　　我哥们儿小黑在他们家乡岳阳结婚时，岳父请客点了一条鱼，金黄色的，味道甜甜的而且不辣，完全没有其他湘菜那么可怕。周围的人说什么话我反正听不懂（因为是地方话），我就使劲吃吃吃，完全忘了问那菜叫啥，可不可以把菜名写下来免得我再也吃不到，结果——我就吃了那一次，再也没有找到那道菜，那条好吃的湘菜鱼。后来问黑哥，他不记得了。

　　但我的胃，它记得。

世界屋脊

我去过一次西藏。那是2007年春天的事，中央兴高采烈地开通了北京到拉萨的铁路后不久，我叫德国发小儿大刘到中国来看我，陪我一块坐火车去中国西藏，坐40多个小时的火车！

票买到了，外国人进藏的特殊手续搞定了之后，我们终于坐上火车了。它是全新的，装备很漂亮。在火车咕噜咕噜往高原跑的时候，我们坐在卧铺上看书、聊天、吃东西，还时不时看窗外的风景飘过去。我们看到日出和日落，黄土变成高原，看到雪山，看到无穷的蓝天。有一次发呆的时候突然听到大刘大声叫他看到牦牛了。

他的眼睛发亮。我们一起去过很多地方，但是我们对西藏的期望还是比较特别。

世界屋脊啊！

中国人大概都听说过西方人——尤其是德国人——很关注中国西藏这个离我们如此遥远的地方。比如，你可能会在德国看到一些一般老百姓在家里挂着西藏的标志。那么，德国人为什么那么关注西藏呢？

我觉得主要有两个原因。

首先要理解欧洲人19世纪的情况。为什么要扯到19世纪呢？因为那时候是西方人迷恋西藏真正的开始。19世纪是欧洲殖民主义最

兴盛的时代。欧洲各国的经济力量和军事实力的竞争导致它们去世
界各地找新资源，去开发，去开采，去利用，去榨取。英国和俄罗
斯还有自己的特别竞争，所谓的"大博弈"（Great Game），其意
思就是两个帝国的最终目的是霸占中亚的主要地区和交界点。

除了殖民主义以外，19世纪的欧洲还有很多著名探险家。他们
试图穿越沙漠，进山区，寻找大河流的最初来源，记录各个物种，
探索古代文明留下的遗址。当然，探险家大多数是为了光荣和金
钱，而且很多跟殖民主义者有亲密的关系，但是待在家里的欧洲老
百姓比较单纯，他们关注探险家的事主要是因为他们对世界好奇，
也可以说是因为他们迷恋上了一种逃避现实主义（escapism）。

无论如何，到19世纪末的时候，五大洲几乎被跑完了，只能把
希望放到那些最难到达的地方。比如南北极，比如西藏。

欧洲人很早就听说过中国西藏。17世纪以来也有一些欧洲人到
过西藏，但是那些人并不多。而且，虽然英国能在1904年占领拉
萨，但是别的欧洲人还是很难进入西藏。所以，在大多数欧洲人眼
里，它依然属于世界上最神奇的地方之一。Shangri-La（香格里
拉）这个神秘的地名，自从20世纪30年代以来在欧洲人心目中是一
个跟"伊甸园"差不多的概念。

这就是第一个原因。

第二个原因跟宗教和文化差异有关。我觉得大多数欧洲人对佛
教有好感，但分不清它的不同派别，更别说喇嘛教的特殊性。可以

想象，当他们看到活佛的时候，很多人自然而然就会想到我们天主教教皇的角色。那么如果把这个带笑容的叔叔想成佛教的代言人的话，我们怎么可能不关注他的家乡中国西藏呢？

这么说我肯定很对不起那些了解佛教的欧洲人，但是在我看来，大多数欧洲人都是不了解佛教的。

我们关注它，这个神秘的香格里拉，牦牛与活佛的家乡。我相信大多数德国人不是别有用心，就像大刘和我，我们坐在火车上走向拉萨，心跳咚咚眼睛发亮，充满期待地去看这个我们心目中的世界屋脊。

书展

前一段时间跟我的德国编辑菲利普去法兰克福书展。我本来对书展没多大兴趣，怕看到各种比较成功的大作家会让人心情不好，而且就算没这个问题，书展在我心目中就是一群人在那儿装文艺罢了，没什么看头。

结果去的时候发现书展还是挺好玩的。

我没跟菲利普说自己怕碰到大作家的事，也不知道该怎么解释。我们反正一整天都没看到什么大作家，只看到了一群跟我一样等级比较低的小作者而已。他们来做营销，采用各种方式宣传自己的作品。

菲利普说："你别太骄傲，你也应该做呀！"

在我的书《最遥远的路》去年上书展时我在中国新疆徒步。赛里木湖、果子沟、伊犁州——我在那些美丽的地方玩得非常爽，根本不愿意考虑那些每个作者都应该做的事情：参加宣传活动，忍受营销的酷刑。

我们最喜欢的作者是位强壮大叔，长头发的。我们在他的展位里坐下休息，首先是因为那儿人比较少，其次是因为他采用的营销方式很受我们欢迎：一块巨大的火腿，一些面包片，还有一位年轻小美眉。我们坐着边聊边吃，大叔往外面看，偷偷欣赏小美眉的美腿，差不多吃饱了我们就撤了。我后来问菲利普那位火腿大师写的书是不是关于火腿的，他说他也不知道。

除了这些小作者以外还有一个比较特殊的大群体也在书展混，就是爱玩Cosplay（角色扮演）的德国少年。他们来不是为了看书，而是为了打扮成皮卡丘或帕德梅·艾米达拉给小伙伴们看。我觉得他们给原本比较严肃的书展带来了很好玩的气氛。

有一次在走廊里碰到一队魔鬼克星（Ghostbusters），他们被很多人围观，还一个个被要求拍照，我也冲上去求合影。没想到刚好在我站在他们中间的时候，有几个中国留学生走过来。他们看看魔鬼克星，又看看我，再看看魔鬼克星，最后用中文问我："你不是那谁吗，雷克小流氓？"

结果我跟他们拍了一张合影。

拍完了菲利普请我吃饭，他一直笑个不停。我不喜欢自己不知道别人为什么笑，更不喜欢承认自己不知道他们为什么笑。

最后我还是忍不住问了。

菲利普说："你没看到魔鬼克星脸上大失所望的表情啊！他们本来理所当然地以为那些亚洲人准备跟他们拍合影，结果亚洲人完全不给面子，非要跟一个莫名其妙的人拍！魔鬼克星只能可怜巴巴站在后面等你们拍完，一脸糊涂的表情，逗死我了！"

最后，菲利普给我解释了袋子的问题。来书展装文艺的人确实多了去了，他们慢慢在整个地方溜达，每个人手里都拎着袋子。

菲利普对此解释道："那些袋子是各家出版社发的免费纪念品。"

"哦，是这样啊！袋子里有书？"

"不是。袋子是空的。"

"出版社发空袋子干吗？"

"比较方便嘛。"

"方便什么？"

"装别的袋子。"

就这样，一群文艺的人领着装满袋子的袋子逛书展。我们游荡在他们中间，看见他们在不同出版社的展位旁拿上免费袋子，然后把它塞进自己手里拎着的袋子。

菲利普笑着说："书展好玩吧？"

3 chapter 时间的轨迹

,

历史的阳光

见证人的历史

跟我爸说到独身生活

的优点

我的那个宗教

以眼还眼

欧洲VS俄罗斯?

历史的阳光

早上一打开窗户，可以感到外面的阳光。一打开微博，可以看到网上的脏话。今天的阳光比昨天暖和一点，脏话比昨天多很多。那是怎么一回事？

我昨天晚上看书的时候读到一篇讲"大跃进"的文章，便发了一条微博："知道'观音土'是什么吗？不知道的话去查一下或者去问爷爷奶奶吧。愿那些可怜的灵魂安息，不要忘记他们。"

本来的意思是说：如果你不知道观音土是什么，如果你认为只有封建社会的人才会吃那个玩意儿，那么我建议你去找长辈聊一聊，或者去查资料也行。

不知道是我语气不对还是什么（难道会被理解成讽刺？），反正有些人看得很不顺眼。他们大概的意思就是说：外国人凭什么讨论我们中国的事？尤其你们德国人，你们不是把犹太人给"清洗"掉了，那你还好意思说别人？

我不知道怎么安慰那些人。

我觉得，对于正常人来说，历史不是拿来比较的，更不是拿来嘚瑟的。你们中国要是发生什么残酷的事情（呸呸呸），我会为你们伤心。你们要是发生什么愉快的事情，我会为你们开心。人不都这样吗？

　　再说，我觉得历史不分国家。你的历史也属于我，我的历史也属于你。欢迎讨论德国历史，那也是人类历史比较残酷的一段。

　　关于1958年至1961年的事情，我在德国慕尼黑大学汉学系早就了解了一点，但吃"观音土"这个令人毛骨悚然的事情，我是昨天看书的时候才第一次明白。所以，我决定发微博。

　　仔细看评论，也有一些比较低调的声音。其中一个人说："查了下才知道这是什么东西，的确是段艰苦的时期。"

　　对啊，就是这么一回事。

见证人的历史

在德国研究历史的话，主要以四个时代为研究对象：原始时代、古典时代、中世纪时代，还有近代史时代。但除了这些以外，还有一个比较灵活的时代，就是当代史时代。这个时代的灵活性跟它的定义有关。我们德国人管它叫zeitgeschichte。这个词很难翻成外语，因为它跟另一个德语独有的词有关，那个词就是zeitzeuge。zeit指的是时间，也可以是时期或者时代；zeuge就是见证人。zeitzeuge便是历史事件的见证人——他经历过的事情，我们可以邀请他给我们讲。而zeitgeschichte就是那个还有见证人存在的时代。顺着时间的轨迹，这个时代一直在往前发展。

比如第一次世界大战，在我小的时候还属于当代史，但现在也慢慢开始不属于当代史了，因为所有参战的人都已经去世了。

那么，当代史时代和别的历史时代有什么本质上的不同呢？

为了更好地了解这个问题，我们可以参考版权法。每个作者自己作品的版权都应该受到法律保护，别人不能随便去盗版。

但这个版权到底什么时候到期呢？是不是当作者去世了之后就可以去打印他的作品呢？不是。中国对版权的法律保护是作者去世后50年以内都有效（在德国是70年）。

这个说明什么？作者的见证人就是他的家人以及跟他熟悉的

人，他们还活着的时候，我们对其作品的态度跟对其他作品的态度是不一样的。罗贯中的书，你随便出版，反正都属于历史了，而王小波的书呢，你不许盗版，他的家人还在。

这就是我们对历史和对当代史应该有的不同态度。古代的战场一个比一个残酷，无论在欧洲还是在中国，但我们可以很冷静地去对待这些事。比如我们可以拿不同战场的死亡人数统计作比较。流下的血早已经干了，而且所有的见证人都已经不在了，我们用100%的学术态度去研究是没有问题的。

20世纪罄竹难书的惨剧就不一样了。二战时期德国人建的集中营，抗日战争时期日军在中国进行的大屠杀——这些事情，我们不能冷静地对待它们。因为我们的"冷静"态度，在见证人面前就会变成一种"冷漠"，甚至是"不尊重"和"讽刺"。

2014年夏天，就是第一次世界大战开战100周年了。欧洲各国政府正在准备办纪念活动，还有很多历史学家在热烈讨论学术问题。到底是谁引发了一战呢，是德奥还是整个欧洲？见证人不在了，血迹干了，伤口结疤了，我们后代人就可以开始冷静对待这些历史问题。

面对当代史的惨剧时，有人说："那些过去的事，最好留给后人评说吧！"从某种意义上来说，他们说得确实没错。等见证人都不在了以后，历史学家肯定会对这些事情提出更学术的说法。但从另一方面，那些人的说法又不是很正确。"留给后人评说"不代表我们可以偷懒，不去研究我们自己经历、见证的历史。

我们应该做的是，记载当代史见证人的说法，让他们给我们讲讲他们的回忆。我们应该收集资料。

还有一件我们应该做的事。

古代战场的受害者，我们现在立纪念碑有点晚了。

纪念碑，应该给当代史的受害者以及他们的见证人立。

不能等他们成了历史再立。

跟我爸说到独身生活的优点

小时候有一次问我爸，为什么我们天主教教父不能结婚，为什么要逼他们过一辈子独身生活呢？

我记得我爸当时跟我讲了三个原因，第一个我自己也曾经想到过，就是教会为了滤除那些不认真的"求职者"，就让他们付出这个很大的代价。

第二个原因是经济方面的，就是教父没有孩子的话也就说明他的财产归教会。

第三个原因是最有趣的，我爸那时候是这么跟我说的："教父的义务不仅是在宗教的意义上引导群众，你知道吗，否则我们为什么叫他们'牧羊人'呢？他们的另一种义务就是要保护群众，就跟牧羊人保护自己的羊群一样！"

"怎么保护啊？"我问。我爸又说："首先天主教会自古以来犯了很多很严重的错误，比如反犹太人，比如进行十字军东征和宗教裁判。这些你知道吧？"

我说我知道。天主教对犹太人的歧视是两千年前遗留下来的事。《新约》教育我们，是犹太人杀了我们所崇拜的耶稣（他本来也是犹太人），所以犹太人在欧洲的生活向来不容易。中世纪的十字军东征则是天主教对伊斯兰教的一次战争。可以说当时是欧洲最有钱的人命令欧洲最缺钱的人去圣地耶路撒冷打穆斯林，途中大量消灭非天主教徒。中世纪至近代的宗教裁判所也有相似的目的，就是"清洗"社会，把非天主教徒灭掉。它不仅针对穆斯林和犹太人，而且针对天主教中的"异端者"。可以说中世纪的宗教裁判是一次大规模的猎巫运动。

这些事情我是知道的，我从小要面对这么个问题，就是我所信仰的宗教是一个人造的组织，而这个组织的行为往往很暴力。按理说我可以放弃它，但我做不到。我宁可相信它的核心是好的，天主教的上帝以及耶稣是好的，而那些以它为代表的暴力行为只不过是它被别人利用了而已。社会主义者应该很能理解我这种心态。

话又说回来，我爸问我知不知道天主教犯的错误，我说我知道，他又接着讲："嗯，这类错误历史上很多，但也有不少相反的例子，有很多教父曾经为了拯救群众而牺牲了自己。"

我说，教父做好事也好，献身也好，我们不是在说他们过独身生活的原因吗？这之间有什么关系？

我爸又说："教父的地位在社会中是特殊的。他不能属于政治界也不能属于商业界，如果他属于两者的话就说明他失道了，但他也不属于普通老百姓。原因跟他过的独身生活有关。你想啊，一般人无论怎么样都要为自己的家人考虑，但是教父不用这样做。他没有家人，也就是说，一旦有人欺负群众，教父可以听从自己的良知，奋不顾身站出来说话。"

我说教父被捕被打被威胁不都差不多吗，他有家人的话会很不
一样吗？

我爸很严肃地说："儿子，你还没有自己的孩子，所以你不能理
解父母对孩子的感情。你就想想你妹妹吧，你宁可牺牲她还是牺牲
自己？"

我点点头，我明白了。

"讹人这件事啊，"我爸又接着说，"就是拿别人最喜爱的事情
去威胁他。而对于大多数人来讲，自己最喜爱的事情并不是他自己
的生命，而是他爱的人以及他孩子的生命。你觉得历史上有多少供
认是拿人家家人的生命为代价而逼出来的呢？"

嗯，看来教父过独身生活是有一定道理的，但我还是有所
不服。

"媒体呢？"我问我爸，"过去可能确实是教父要站出来为群众
说话，但是现在这应该是媒体要干的事吧？"

这下，我爸笑了。

我的那个宗教

很多中国人会问我天主教跟基督教有什么不同。我认为，简单来说，天主教就是基督教的一个分支，就像列宁主义是马克思主义的一个分支一样。

而且就像马克思主义有一个思想基础叫作黑格尔主义，基督教也有一个思想基础叫作犹太教。这么说吧，其实耶稣自己本来也是个犹太人。他在《圣经》里面的角色跟枢纽一样，意思就是他是犹太教的《旧约》和基督教的《新约》之间的一种连接：《旧约》的内容是犹太人跟上帝的交往，而《新约》是基督教徒跟上帝、耶稣和圣灵的交往。

说犹太教是基督教的思想基础，那么犹太教的主要特点是什么？

犹太教是世界上最早的一神论之一。跟很多别的宗教不一样，它只认一个上帝，而且它否认轮回。对于犹太教徒来说，宇宙里只有一个神，就是他们的"神明"上帝。每个人的灵魂都是不朽的，去世了以后再也不会下凡。

耶稣作为犹太人怎么建立了一个新的宗教呢？

公元30年，30岁的他开始声称自己是"上帝的儿子"。当时的大多数犹太人否认他，但是他的一些教徒觉得他确实是上帝的儿子，所以在他去世后不久，他们建立了基督教。自从那时候以来，犹太教和基督教就是两码事。

那么，天主教作为基督教的一个分支又是怎么回事？这是宗派问题。基督教除了天主教以外还有很多别的宗派，但如果要简单概括它们的话，我们就可以说大派有三个。先有欧洲东部的正教和欧洲西部的天主教（也称公教），然后自从16世纪以来又有了欧洲西部的新教。

东正教和天主教的差异主要是一种文化差异。罗马帝国自从4世纪以来分为两部，其西部为位于意大利的西罗马帝国，其东部为位于土耳其的东罗马帝国。两个地区的语言环境不一样，西部说拉丁语，而东部说希腊语；而且宗教制度也不一样，西部等级制度比较强，罗马教皇代表耶稣说话，而东部不认教皇，等级制度比较松。因为这些文化方面的差异，基督教慢慢分裂成了两个宗派，到近代的时候已经几乎没有共同语言了。

西欧的新教是16世纪建立的。那时候很多欧洲人对天主教自以为是的态度和森严的等级制度感到无奈，所以有一些人选择抗议。他们建立了新教，又名"抗议宗"。他们否认教皇，也否认天主教的很多传统。那么，这些被他们否认的传统主要是什么？

首先，传统的天主教从某种意义上讲算不上真正的一神论宗教。在天主教的教义中，除了三位一体论中的圣父、圣子及圣灵以外，圣母玛利亚与诸多圣者也占据了重要的地位。你走进欧洲的某座教堂时，只需看看殿堂内是否立有玛利亚以及其他圣者的雕像，就可以判定此教堂是否为天主教堂。若有，便是。

其次，天主教对原罪的态度也与新教有别。原罪指的是每个人生下来就带有的从亚当传下来的罪。而问题的关键在于，人如何去赎这个罪。天主教认为，人们可以祈祷，可以告解，可以捐款。16世纪的时候，这个"捐款"基本上变成了一种"买卖"关系——你给教会交钱，它为你洗去你的原罪。马丁·路德以及别的宗教改革者主要反对的就是这一点。在宗教改革者眼里，每个人的原罪只能由上帝去除。无论你做什么，你只能希望上帝主动予你他的慈悲。上帝跟人交流的过程在新教徒眼中是直接的，不一定要通过教父或主教。

人与上帝交流是否需要教会为媒介的问题，既是天主教与新教对待原罪态度不同的原因，也是两者的重要区别之一。与新教徒不同，天主教徒视教会为人与上帝交流的枢纽，为圣灵的化身。教会作为一个整体，不仅拥有两千多年的历史，也处在不断的发展之中。虽然现代天主教徒可能并不拥护历史上某位教皇的行为，例如教皇利奥十世聚敛民财、翻修梵蒂冈圣伯多禄教堂，但这并不会动摇教徒们以教会为圣灵化身的基本信仰。

宗教信仰跟人品没有关系吗？最起码道德观应该是宗教定下来的吧？

我觉得不一定。在我看来，犹太教、东正教、天主教、新教，这些宗教其实都差不多。每一个都有一些自己的教规和道德观，但我认为那些只不过是表面上的东西。犹太人两千多年前设定周六为安息日，基督教徒改为周日，这些细节我觉得没有多大意义。

道德观呢？

我认为宗教给社会带来的"法律"当时确实很好。不可杀人，yes（是的），尊重父母，OK（好），这些都很有道理。但是我们现在已经进入后现代化的法治社会，康德已经教育过我们怎么去自己承担个人独立道德观带来的责任。所以，我们其实不需要宗教给我们带来的太多数约束。

那么，宗教除了给社会带来这些教规以外还有一个别的用处，就是个人安慰。一神论也好，多神论也好，天堂也好，轮回也好，世界各个宗教给我们带来的最宝贵的东西，就是对生活以外的一种"希望"。

这是康德管不着的地方。人类面对自己死亡的时候，很难拿哲学来安慰自己，但是宗教可以。宗教会告诉你，死亡不是一片无穷的黑暗。死亡后，神还在，无论是一个还是很多个。

以眼还眼

我反对死刑。说出这句话在我的国家好像再正常不过，德国20世纪50年代初就废除了死刑，但是在中国的话，我还是要解释一下我为什么会有这么一个想法。

首先死刑属于法律惩罚犯人的手段之一。为什么要惩罚呢？我认为只能有一个目的：惩罚犯人，是为了让社会更加安全和稳定。假如张三被发现逃税，那么法院就要拿法律去惩罚他，让他以及他人知道逃税行为是有严重后果的。因为一个普遍逃税的社会，不可能是一个稳定的社会。

无论怎么样，法律都不会为了惩罚而惩罚，而且每次惩罚的轻重取决于犯人到底做错了什么。你逃了一点税，罚你一点钱；你逃了很多税，罚你很多钱，有可能让你坐牢。

那么，张三如果不是逃税这么简单，而是杀害了李四呢？这种行为显然对社会稳定更有威胁性。杀人的张三，被抓起来后要被法院按照杀人案的具体情况关起来，目的是阻止他对社会继续实施暴力。

判张三死刑对社会能有什么好处？我们来看看死刑支持者最常见的说法。

第一，死刑所谓的"杀鸡吓猴"作用。其逻辑是，张三本想杀

李四，但因为得知自己作为杀人犯要面对被处死的下场，所以张三
选择放弃原本有的杀人念头。这个想法有问题。首先死刑的这种
作用虽然被某些统计研究认可，但它同时被别的统计研究否认。其
次，基本常识告诉我们，杀人这种事显然不是正常人在正常条件下
能做出来的事。也就是说，杀害李四的张三要么本来就不正常，要
么他杀人的情况不正常。无论怎么样，如果我们认为他杀人时会因
为考虑到要被抓起来坐牢还是要被处死而改变计划，那么我认为我
们想得过于天真。

　　第二，死刑所谓的"正义性"。张三杀了李四，那么李四的家
属会不会希望张三同样终止生命呢？我觉得这种想法很好理解，但
法院不能管，因为它本来就无法满足每个受害者对"正义"的要
求。假设张三用了一种很残暴的方式杀害李四，那么法院为了满足
李四家属的要求是不是判张三凌迟？如果张三杀了不止一个人，他
除了李四还杀了几十个人，法院判他死刑到底是让他给哪一个受害
者偿命？

　　第三，有的人认为在不完善的法治社会中，那些比较有影响力
的犯人有逃避惩罚的可能性，所以只能依赖死刑才让他们受惩罚。
这种想法的问题在于它关注的点完全错误。既然我们不信任当下法
律制度，我们甚至认为某些人虽然被判无期徒刑但过一段时间就能
出来，那么我们为什么相信公布他们被判死刑就真的进行了死刑？
假设电视上直播死刑过程，我们就能完全信吗？法治社会不完善是

一码事，死刑是另外一码事。

第四，一部分人貌似认为死刑的一个好处在于"省钱"。其道理就是，犯人在监狱里还要被社会养活，不如社会赶紧把他处死算了，把节约起来的钱捐给希望小学什么的。这个想法虽然听起来有良心（谁都愿意帮助无辜小朋友），但其问题在于社会福利要依靠的是强者纳的税，而不是犯人的生命。我们想象一下假设希望小学老师告诉学生"大家看，城里好心人为了你们的午餐和书籍处死了很多犯人"会是什么样子的。

说白了，杀人，无论怎么样都不文明。

中国佛教有句话叫"放下屠刀，立地成佛"。相信中国读者比我懂这句话的意思。我就说德国吧。

大多数欧洲国家已经废除了死刑。在我看来，虽然欧洲政治体制有很多不足，但废除死刑这一点是欧洲对世界文明的一个不可无视的贡献。其实如果我们接受基督教为欧洲公共道德观的基础的话，我们必须承认废除死刑晚来了好几百年。

基督教的圣贤书是《圣经》，而《圣经》里"以眼还眼，以牙还牙"的说法是首次出现在《旧约》中的。《旧约》产生于公元前好几百年位于中东的古以色列人的社会。当时他们对惩罚的普遍概念是连坐或族诛。假设张三犯错的话，不只他一个人要面对惩罚，他所有的亲戚以及老乡都要跟他一起吃苦。对于当时的社会而言，《旧约》中"以牙还牙"的概念是全新的：每个人只要为自己的行为负责，惩罚的轻重按具体罪名而定。这个新概念虽然听起来简单，但在当时算是法律上的一种改革，文明上的一种进步。

当然，进步总不能停滞。《旧约》后有了《新约》，就是我们基督教徒认为的上帝的儿子耶稣的故事。耶稣说："有人打你的右脸，把左脸也转给他。"

这句话的意思很丰富，各派学者对它的各层面含义都有研究。总之，最简单的理解是，我们不是必须惩罚犯人，我们也可以原谅他，或者再给他一次机会。当然，这不说明张三杀了李四就不用为自己的行为负责。耶稣的意思是，法律的关注点不应该在于怎么样惩罚张三，而应在于怎么样让社会更安全更稳定。

这个对罪名与惩罚的理解跟那句佛教的名言很像，都是简单的道理，都属于文明的一种进步，却都被无视了太久。

欧洲VS俄罗斯?

最近我对很多德国政客，包括我平时比较支持的绿党政客很失望。我受不了他们对克里米亚危机的态度。

2014年初乌克兰发生内部矛盾时，很多德国政客好像特别清楚自己该支持哪方。跟他们不一样，我不是很了解乌克兰的具体情况，俄语说得也不好，甚至都没去过乌克兰。所以我不知道该支持谁。但我知道的是，我们不应该把这件事视为"欧洲VS俄罗斯"。

因为其实，俄罗斯属于欧洲。

欧洲的政治边界情况跟全世界其他地方一样，一直在变化当中。昨天属于德国的领土，或许明天就是法国的。而且欧洲人跟别人一样很爱为这些领土动武。那么，打完仗后一般要做什么呢？要开会议，将那个以百姓的鲜血换来的和平状态定成协议，政治家签完字可以回去做好下一次打仗的准备。

这些和平会议多了去了，其中一个比较重要的是19世纪初的维也纳会议。那时候的欧洲刚刚在思想方面被法国大革命迷惑，在军事方面被拿破仑率领的大军团震动，在科技方面为英国的工业振奋。而且那时候的欧洲开始迷恋殖民主义，以为除了欧洲以外的地方都可以随便吞食。

维也纳会议的主要意义在于，欧洲各国各地的政客在一起谈论欧洲的未来，以英国、奥地利、普鲁士、法国和俄罗斯为主。值得参考的是，那时候的俄罗斯并不算外来者，而是维也纳会议正儿八经的参与者。

维也纳会议当然没能保证欧洲长期的和平。1914年第一次世界大战改变了一切。三年后，以俄罗斯为核心的苏联走向社会主义，而且从那时候以来，反对社会主义的其他欧洲人开始将俄罗斯归属于东方甚至亚洲，纳粹德国尤其如此。

但是，这个看法说得通吗？我们在地图上观察俄罗斯时会发现它的重心其实在西部，靠近其他欧洲国家。找找莫斯科和圣彼得堡就知道了。俄罗斯的东部，说白了只是其殖民地。20世纪中，全世界的殖民主义几乎玩完了，英、法放弃了各自主要占领的地区，但俄罗斯在东方拿下的一大块土地依然属于它。

可能也是出于这个原因，其他欧洲国家一直看它有点不顺眼。

我一直不明白的是，苏联1991年以非暴力的方式解体了，之前还允许东德变成联邦德国的一部分，德国人不是应该对俄罗斯很感激吗？我们不是应该尽力去帮助他们走向法治和民主吗？我们应该觉得欧洲的一部分有可能重归欧洲是一件值得庆祝的事吧。

但我们没有这么做。

刚好相反，我们在从一种"胜利者"的角度看那个东方的俄罗斯。20世纪90年代，德国人先忙着搞两德统一，接下来就是忙着管波兰和捷克这些邻国。同时，俄罗斯人对民主和自由的期望破灭了，到处是贪污腐败，最坏的人发大财，剩下的老百姓过苦日子，甚至还有人挨饿。

我想，部分俄罗斯人给"铁汉"普京投票也不算特别难理解吧。

乌克兰这次的矛盾其实就是这些事情的必然结果。欧洲觉得俄罗斯是外来者，俄罗斯发现自己被当成外来者就开始保护自己，东欧的其他国家被夹在中间，不知自己到底属于哪方。

现在来看，欧洲已经成功将波兰、捷克以及波罗的海国家跟自己绑在一起了。俄罗斯没有办法，只能让它们走。但是乌克兰又是另外一码事。我很纳闷，欧洲政客是不是真的以为俄罗斯会就这样放弃自己在克里米亚半岛上的黑海舰队？

结果俄罗斯硬着头皮把克里米亚半岛收回去了。乌克兰说："克里米亚属于乌克兰！"俄罗斯说："克里米亚早在19世纪已经属于俄罗斯了好吗？"

而我们的政客呢？他们再次很清楚应该支持哪方，从他们口中可以听到各种"军事威胁""苏台德区问题""政治制裁"之类的说法。我想，各方拿符合自己要求的历史阶段说事有意思吗？克里米亚属于俄罗斯也好，属于乌克兰也好，我们为什么不直接排斥两方，支持克里米亚人独立呢？

可惜的是，我其实觉得欧洲从体制来说比俄罗斯好太多。打个比方，我在符拉迪沃斯托克待过几周，那里的人几乎都开吉普车，不是因为他们喜欢户外运动，而是因为他们那儿的道路情况实在是太差了。而路面差的原因不在于俄罗斯本身缺钱，而是因为他们的体制有问题。自然资源再丰富也没法弥补贪污腐败和仅从自身利益出发的官僚主义所带来的损失。

我想，如果我是俄罗斯人的话，我肯定也愿意属于欧洲，甚至欧盟。但如果我觉得欧洲拒绝我的话，那么我也不会想跟他们玩儿了。

那么，德国政客到底是怎么想的呢？

我觉得原因很多。我们可能还没有脱离过去的一些思想，比如把俄罗斯归属于东方的偏见。此外，我们太短视了。德国的思维模式好像是先管好东德，再管波兰，再管乌克兰，中间还救救南欧的希腊一类的国家，最后才看看俄罗斯大哥需不需要帮忙。

但最让人悲哀的一点是，现在人人都对绥靖主义避之唯恐不及。这是纳粹德国给世界留下的恶果之一。二战前，英国首相张伯伦对希特勒采用绥靖政策。希特勒要求收回苏台德区，张伯伦为避免冲突而答应，结果证实希特勒只是在为打仗找借口，拿下苏台德区也没能阻止第二次世界大战的发生。

从那时起，很多政客，尤其是德国政客，生怕在专制政府面前示弱。

悲剧就发生了。

4 chapter 其实德国是这样的

，

还要我说吗？

慕尼黑啤酒节

脚踏实地的"老妈"

德国人被监听

幸运儿滑雪

德国人眼中的世界地图

……

还要我说吗？

亲们，再说几句我就先休息了。

一、2002年德国易北河大洪水的时候，很多德国明星和政客没完没了地宣传自己多么担心灾区，自己帮了多么大的忙。我是新天主教的人，所以我就想起《马太福音》里面的一句话来：

"你们要小心，不可将善事行在人的面前，故意叫他们看见；若是这样，就不能得你们天父的赏赐了。"

这句话的意思跟宗教没太大关系，其实就是说：别作秀。

当然你也可以问我为什么非要质疑那些人的诚意，而且为什么我不关心我的同胞？其实我不是真正质疑谁，我只是突然看到那么多雷锋有点不习惯而已。不关心我的同胞倒是真的。我一直觉得大家的国籍不应该有所谓。德国人受害，我伤心。美国人受害，我伤心。中国人、伊朗人、非洲人受伤，我一样伤心。

我想，是个人都会为受害者担心，这个还要说吗？

二、另外的一件事就是：我今天发了两张1900年摄于北京的照片。一张是在鼓楼附近，另一张是当年待在北京的德国兵。这些照片是我在一本德文书里面看到的，想跟大家分享，毕竟那是难得的历史资料。当然，我可能应该说那些德国兵不是"待"在北京，而是恶意地"侵略"那时候的中国。好吧，我以为这段历史大家都清楚。

有一些人表示不高兴，叫我快把帖子给删了。

我想：这是个什么想法？你觉得因为今天有灾难，所以我不能让你看到两张100多年前的照片？还是你真的以为我发这两张照片其实想说明我支持殖民主义？

我想，都到21世纪了，是个人都不会支持殖民主义。这个还要说吗？

有些事情是你心里知道不能写的！

慕尼黑啤酒节

找我写慕尼黑啤酒节按理说不是没有道理。我是德国人,而且我在慕尼黑待过几年。

问题在于,我是一个不爱喝啤酒的德国人。我从来没有去过啤酒节。

写文章最初的想法是,要不要假装自己去过,乱写。只是后来又怕被方舟子发现造假,所以还是老实交代:我没去过啤酒节。但我,还是可以写一点东西吧。

首先,它不叫啤酒节。它叫十月节(Oktoberfest),因为它每年的举办时间是9月份最后两个星期,迎接10月份到来的意思。不过那只是官方的叫法。当地人从来不叫它十月节,他们有自己的巴伐利亚方言:草坪儿(Wiesn)。这是因为它的举办地点叫特蕾西娅草坪(Theresienwiese)。这个"草坪"其实是慕尼黑市中心的广场。它比天安门广场稍微要大一些,但是样子差远了,边上没有什么威武的大会堂之类的东西,而且特蕾西娅草坪上面确实长着一些草。不是多得让人觉得确实是草坪的那种草,但是还是有一些。

那么,它究竟为什么叫特蕾西娅草坪?

特蕾西娅是19世纪初的萨克森–希尔德布尔格豪森的一位公主。当时的德国分为好几个独立的地区和王国,而那些王国的贵族平时只会跟别的贵族通婚。1810年秋，特蕾西娅在慕尼黑跟巴伐利亚王子路德维希结婚，她就成了巴伐利亚王国的王后。好吧，我承认这些欧洲历史挺复杂，而且地名、人名对于中国人来说看起来肯定很乱，但是我最终想说的是：当时的慕尼黑百姓兴高采烈，因为王室办婚礼对他们来说是一件很好的事，免费吃，免费喝，还有各种表演和音乐。

结完婚他们还没玩够，就决定在城外再搞一个大party（派对）。城外？欧洲城市跟中国城市的一个相同的地方在于，它们最近几个世纪发展得很快。好比北京的魏公村、中关村，甚至整个海淀，这些地方以前都属于城外的，都是自己的小村庄，跟北京城没多大关系。这让我想到我一直很喜欢的望京。它离北京城几公里路，不属于北京城里，只是它可以看到（望）北京城（京）。不知道我这个解读是不是准确，反正欧洲城市也是这样：现在属于市中心的地方过去就是郊区甚至乡下。19世纪初，公主和王子结婚的时候，他们从慕尼黑市的城墙走出去，到了一个很大的草坪，就是后来的特蕾西娅草坪。

发现了没有，我说了半天还没说到啤酒！

嗯，当时他们搞party的时候，根本不是以喝酒为主。他们会赛马、办体育比赛、唱歌，庆祝王室喜事。那个时候是1810年10月，正好是慕尼黑的第一场十月节。从那个时候以来，慕尼黑人几乎年年都过一次十月节，而且地名叫特蕾西娅草坪之后，他们也懒得叫十月节了，就直接叫草坪儿。年年9月底的时候就可以在马路上听到别人说："咱们上草坪儿去玩儿吧！"

现在终于要说到啤酒啦，因为这种"玩儿"，渐渐地就变成了"喝啤酒"。19世纪末，特蕾西娅和路德维希早已经去世了，慕尼黑人还是会年年去特蕾西娅草坪，会立大帐篷，大得好几百个人可以同时坐着喝酒的那种，而且他们会拿一种3月份酿好比较烈的啤酒去喝。而且是狂喝：一杯一升。

再后来，草坪儿就变成商业化的了。

最近一段时间，年年来上草坪儿的人有个六七百万，而慕尼黑本身的人口也就140万。当然，很多游客是来自世界其他地方的。记得几年前我在法兰克福一家青年旅社上班，有一次进来了一个鼻青脸肿的澳大利亚人。帮他登记房间的时候我问他："你这是怎么回事？"

他说："十月节，你懂的。"

我心想，哎呀，虽然我知道草坪儿的人喝得脸通红的时候喜欢殴打，但是把国际友人打成这样不太好吧，我就说："Sorry man（对不起，老兄），我们德国人喝了酒比较容易失控！"

结果澳大利亚人直接笑出来："哈哈，跟你们德国人没关系，这是我跟澳大利亚同胞打起来了嘛！"

可见草坪儿真走国际化路线了。

嗯，尤其意大利人比较多。慕尼黑人说，草坪儿的第二周末就是意大利人周末（Italienerwochenende），因为那时候意大利人会开篷车翻越阿尔卑斯山，把车停在郊区的停车场，上草坪儿找慕尼黑啤酒和慕尼黑妞。说到妞，我就有点纳闷儿，自己为什么从来没有上过草坪儿。因为除了喝酒以外，那个地方就是以泡妞而出的名。

前段时间还跟一个待在慕尼黑的朋友说起草坪儿来了，他说：小姑娘上草坪儿要穿传统巴伐利亚民族服装，就是一种紧腰宽裙（巴伐利亚语叫Dirndl），你知道吧？我说知道。哥们儿又问我知不知道"结子"的含义，我说不知道。哥们儿笑我说我在慕尼黑还真是白待了。

小姑娘裙子腰部上有条缎带，这条缎带上有个结子。而这个结子的位置就是关键：如果它在腰部的右边，说明这个小姑娘有主，别骚扰她；在左边代表单身，欢迎打招呼；前面说明是处女，别对她有想法；后面则要么是寡妇要么是服务员，你自己看吧。我哥们儿说，就这样，整个草坪儿就一片喝多的人在泡妞。不过也确实如此，我也看过那些在"非死不可"流传的不雅照，特蕾西娅草坪边的树木下，年年有人hold（把持）不住直接在那儿做爱，而他们周围有人睡醉觉，有人呕吐，有人撒尿，还有人把整个场面拍下来发到网上去。

我问哥们儿有没有觉得好玩，他说好不好玩取决于你爱不爱喝啤酒。他说草坪儿的啤酒一年比一年贵，今年的啤酒价都已经差不多达到了10欧元一杯了，而且如果想要在帐篷里面坐着喝的话，就得要么提前三年预订座位，要么认识预订了桌子的人。我说，那你去的时候就在外面站着喝？他说帐篷里面啊，跟公司去的，公司有预订桌子，很多帐篷就是这样，一个公司一桌，还不少人在那儿谈生意。我说，原来是公司啊，竟然还有那么多泡妞的事？

哥们儿很无奈地看着我说，每个帐篷有自己的风格，就像每个帐篷有自己的啤酒一样。有一些甚至还有汽酒！

我想，看来我那个哥们儿进错帐篷了。不过他也不怎么懂这些，因为他跟我一样本来是北方人，我们跟巴伐利亚人各方面都很不一样，就好比北京人和上海人也很不一样。所以我们去上草坪儿也是外地人。

我找了一个慕尼黑阿姨问了个究竟。她是环保主义者，有三个小孩子，地方口音重得我经常听不懂她在说什么。"草坪儿啊！"她说，"草坪儿我们20世纪80年代后就不去了，变味儿了。"

"怎么变了？"

她感叹说："以前嘛，草坪儿基本就是我们当地人去，很多人不穿传统服装，就算穿也不是为了装，而是因为人家真心喜欢穿自己家老人遗传下来的东西：一条紧腰宽裙，奶奶留给妈妈，妈妈留给我，我再留给我们家丫头，多好的事情。而你看现在呢，大部分人是外地来的，对于他们来说，那些服装只是当天的打扮而已，是一种fashion（时尚）。而且他们去也仅仅是为了喝酒。我们当

地人又不缺酒，干吗非要上草坪儿才能喝？"我后来去了一趟特蕾
西娅草坪。不是草坪儿的时候去的，而是随便一个周一下午，就
我自己。那时候，整个广场都是空的，人极少。上面是蓝天白云，
感觉特别平静。广场后面，我能看到慕尼黑的楼房，还有一座大教
堂。很难想象，再过一段时间这个地方就要见到人山人海、酒池肉
林的场面。更难想象，两百年前，就在这个地方，曾经有过一名公
主和一名王子，为了庆祝自己的婚礼，在慕尼黑城外举办的一个小
party。

脚踏实地的"老妈"

默克尔上次在2009年任总理的政府是黑黄联合政府。因为德国选举在一般情况下，政府不会由一个党单独组织，而是两个党通过联盟协议组织联合政府，而且每个党都有自己的代表颜色。默克尔的保守党是黑，她的最大的竞争对手社会民主党是红，环保党是绿，自由主义党是黄，等等。

值得关注的是，这次2013年德国选举过去已经快有两个礼拜了，但是大家依然不知道这次的联合政府应该是什么颜色。差一点就是纯黑，因为默克尔的黑党得票数再多一点点就可以自己单独组织政府。但最后还是不够，所以要找联盟伙伴。问题在于找伙伴很不容易，因为她上次的伙伴，就是黄色的自由主义党被选举淘汰了，而且别的党和她合作的话由于政治立场不同比较困难。

所以，默克尔现在虽然是选举的大胜利者，但是还是很孤独。

黑黄不行了，要搞黑红？黑绿？

我们能看到的现象就是，默克尔的得票数很高，她在德国政客当中算是老大，很可能要接着任总理，但是很多别的政客都不愿意跟她玩儿了。

这是为什么呢？

我觉得她的得票数很高主要是因为这几年德国经济很好而且失

业率很低，所以很多德国人对现在的情况感觉基本满意。前一段时间我爸跟我说，很多人希望孩子比自己更好，但是德国人往往希望的只是孩子过得不要比自己差。我觉得这个说法很有趣而且很有道理。我们德国人可能在很多生活方面不是特别讲究，比如美食方面，比如跳舞唱歌方面，而且我们这儿的天气不是特别棒。但是我们过的生活应该还算挺舒服的，社会福利OK，教育OK，贫富差距不是特别大，百姓有法治有民主，治安也没问题。可以说德国人基本上吃饱了，不希望有任何变化，而世界上很多人还是饿着的，希望自己的未来可以更好。

其实默克尔很能代表我们这种想法。一个胖嘟嘟的短发阿姨，衣柜里貌似藏有几十件不同颜色的同款小西服，不怎么打扮，不怎么爱玩，不当总理的时候就跟丈夫过小日子。她的个人网页上说她很喜欢给丈夫做饭，尤其是蛋糕。很朴实的阿姨。朴实这个词，用德语来讲应该是bodenständig，意思就是"脚踏实地"。还记得她的典型的"默克尔菱形手势"吗？每个人对这个手势的理解不一样，有人说这个手势代表"统御魔戒"，有人说是"权力的三角形"，但我觉得默克尔的这个手势代表的其实就是"我吃饱了"。

那么为什么很多政客貌似很害怕默克尔呢？

为了试图解释这个问题，我要讲到默克尔的三个主要外号。第一个是20世纪90年代科尔当总理、来自东德的默克尔任环保部部长的时候，大家叫她科尔的小丫头（Kohls Mädchen），意思是她小而且不懂事。第二个是2000年左右，当时德国政府是红绿的，默克尔在她的黑党里面往上面发展，大家叫她"Angie"（Angela的昵称），可以理解为她已经不是小丫头了，但权威还没有别的政客大。有意思的是，默克尔最近的外号是老妈（Mutti）。如果聊德国政治的时候说一句"老妈"，谁都知道指的是默克尔。不熟悉的人被别人叫老妈当然不恰当，甚至可以说是一种讽刺，但是默克尔当了柏林的"老妈"表示她说了算，而且我们德国人都很信任她。

　　一个来自东德的给人感觉再平凡不过的默克尔能用十多年从"科尔的小丫头"发展到德国的"老妈"，这么说这个阿姨其实很厉害吧？

　　而这就是那么多政客貌似怕她的原因。她走到今天位置的路上有许多本来小看她的被她砍掉的受害者。她以前在黑党里面的竞争对手，几乎全是很有后台的男的，却一个一个从政治界退休做别的事情了。她曾经的联合政府伙伴——红党和黄党都被她害了，因为她很善于把贡献往自己身上贴，只把失败留给他人。连那些这几年在她的政府任部长的人也不安全，因为默克尔一般不会在媒体和别的党的打击下去保护他们，甚至会牺牲他们，让他们下台，包括上一个黑党推出的国家总统在内。

　　嗯，默克尔是一个很厉害的人。

　　这次竞选的时候她的主要海报上是她的一张照片，上面写着"Gemeinsam erfolgreich"（一起有成），意思就是德国全体人民在"老妈"的领导下一起成功吧。

选举已经结束了，大多数海报不见了。我们依然不知道下一个联合政府的颜色是什么。但我敢打赌：联合政府肯定是以默克尔为总理组织的。如果你看到了这些事情之后在想默克尔是不是一个恋权不放的人的话，你可以上一下她的个人网页，有很多默克尔的生活照，还有她讲的话。最后一段里她说到自己给丈夫烤蛋糕。"他很少抱怨。"默克尔说，"只是每次他觉得蛋糕面碎粒太少了点儿。他毕竟是面包大厨的儿子。"

从这个细节我们可以很清楚地看出来默克尔的宣传团队想让我们对她有一个什么样的看法：默克尔，就是我们德国的那个脚踏实地的"老妈"。

德国人被监听

"你要写德国大众怎么看待这个问题吗？"我爸昨天晚上吃饭的时候问我。我跟他说了这次专栏的事，问他对此事有什么看法。"你不能代表德国人说话呀。"他说。我说我知道。代表与被代表，总是这个问题。"而且，"他又接着说，"中国人想知道德国人怎么看待这件事是不是应该问美国人比较好？"

"问美国人干啥？"我惊呆了。

我爸得意地笑："美国人没完没了地监听我们，那你不觉得他们应该比较了解我们吗？"

呃，好吧。我还是先说说自己的看法吧。

首先，我认为这件事情虽然惹到了德国人的一个敏感处，但还是离一般德国老百姓的生活够远。我说的这个敏感处就是德国人自从经历过纳粹主义的盖世太保和社会主义的斯塔西（Stasi，国家安全部队）之后很在乎自己的私人保密。如果问德国人，两个反乌托邦文学大作《1984》和《美丽新世界》中他最怕哪个，他肯定会说《1984》，几乎所有德国人都知道 "Big brother is watching you"（老大哥正在看着你）这句出名的台词。但是他们不知道的是，除个别国家以外，几乎所有其他国家都开始往《美丽新世界》的方向发展：控制老百姓最合理的方式不是打压他们，而是用宣传和消费让他们跟自己实际上的真实生活隔开。忙着逛购物中心的人不会骚乱。

既然德国人最怕《1984》，怕被监听，那么这次德国人以及德国总理默克尔被美国人监听的时候，德国老百姓有什么感受呢？

我认为大多数德国人对此事的看法挺矛盾的。一方面他们从来都很怕被监听，但是另一方面他们也没有特别在乎这次爆出的美国监听德国人的事。德国媒体倒是非常在乎的，这两天几乎头条新闻都是关于NSA（美国国家安全局），关于斯诺登，关于奥巴马。但是跟德国人说到这个话题的时候我总觉得他们有点没话找话的感觉，也包括我自己在内，我们觉得我们应该在乎被监听的事，但是其实我们更在乎自己的经济情况、自然环境、社会福利以及世界和平等问题。为什么会这样呢？

我不知道别的德国人是怎么想的，但我个人自从小布什以来就对美国作为全球意见领袖有一些失望了。可能20世纪90年代的我还觉得美国人特别棒，巴不得自己也当美国人，但是在我看到小布什打阿富汗打伊拉克的同时几乎把新奥尔良的难民给忘光了的时候，我对美国的感情似乎淡掉了许多。NSA是"9·11"后不久建立的，一个几万人的"有关部门"，主要目的是反恐怖分子，保护美国的安全，既然"9·11"的主要恐怖分子曾经在德国汉堡住过，我难道会觉得美国人监听德国人很奇怪吗？不是说我觉得他们这样做很好，我也不想帮他们找借口，我只想说，在斯诺登暴露了NSA的那些行为的时候，我对自己的不惊讶感到惊讶。

是不是网络时代让我们失去了对自己私在德国的西部人保密的幻想？

记得大概八年前德国媒体报道德国警察成功捕捉了几个恐怖分子。那些恐怖分子在自己的家里设计了炸弹，准备杀谁我也忘了，反正是恐怖分子。看新闻报道的时候我还在想，德国警方怎么知道那些人在那里干吗，德国人口一共8000多万，四个小混混在自己家房子里玩火药你怎么知道？我对这件事的感受跟我对"9·11"的感受恰恰是反过来的，我记得我在看电视上两架飞机射进漂亮的纽约双塔的时候还在想，那些FBI（美国联邦调查局）、CIA（美国中央情报局）等等组织怎么可能不知道这些事情会发生呢？当双塔跟被拆的房屋一样塌下来的时候，我彻底惊呆了。

那么，美国人监听默克尔的手机又是怎么一回事呢？一方面我对美国人有点无语，他们也不可能以为我们总理是恐怖分子吧，监听她干吗呢？如果我是美国人的话，二战后的德国我一定要监听，那是肯定的。20世纪60年代换偏左政府以后也要听，特别是勃兰特先生，因为我想知道他在社会主义波兰下跪是怎么想的。那么，到了20世纪80年代我也不放弃我在德国的监听设备，因为东德西德的矛盾，所以我觉得安全起见，还是听一听比较好。我如果是美国人的话，可能到20世纪90年代才会选择不监听德国政府。然后就是"9·11"了。

但是有一点我确实觉得很无耻，就是美国有关部门好像也会以经济窃密的目的去监听国际公司。这一点美国人就算了吧，搞不好技术自己努力去吧，别依靠NSA帮你监听别人家公司的秘密。不然我们德国人要怎么做，是不是非得监听你们家通用汽车？

最后一点就是我觉得德国媒体对此事的报道有点怪，好像它们很爱把任何事说成个人化，比如"监听门"怎么变成了奥巴马一个人的事呢？看任何一家德国报纸，封面上肯定有奥巴马的照片，加上一句关于NSA的头条新闻。那么请问，奥巴马虽然是总统，但是一般的人也都知道凡事不是美国总统自己说了算，他实际上的影响力还是相当有限，对吧？再说无论什么政客都不是完全自由的，奥巴马要用小布什给他留下来的东西去做政治，小布什要用克林顿的遗产，克林顿用大布什的，等等。

那么，NSA监听我们德国人以及我们德国总理默克尔，到底谁要为此负责任呢？

写完这篇文章后我想起了我爸爸的话：想知道德国人怎么想就问美国人吧。怎么问呢？我想了一会儿就有了个很棒的想法：我在自己的邮箱里给NSA发了一封邮件："亲爱的NSA，中国报纸采访我，问我们德国人对你们的看法，你们怎么看？"

发出去以后，我等了一个晚上他们也没有理我。

幸运儿滑雪

你作为中国人有没有过这种感觉，就是你非常不能理解自己同胞的某些行为和想法？貌似鲁迅描写过类似的感觉。这当然不是中国特色！比如我作为德国人也往往不能理解我的德国同胞。德国人对舒马赫滑雪事件的关注就是很好的例子。

不过，最近我貌似看懂了一点什么。

圣诞节过后几天，迈克尔·舒马赫在阿尔卑斯山里滑雪时摔了一跤，头部撞到石头上受重伤，最后被送到法国医院进入植物人状态。他有孩子有老婆，对于舒马赫一家人来说，这件事是大悲剧，值得别人同情。

但为什么舒马赫受伤成了国际大新闻呢？尤其是德国百姓为什么这么关注它，而且为什么好像到处是祝他身体恢复的声音？舒马赫不就是运动员吗，对于德国人来说真的有这么重要吗？

我们来看看他是谁吧。舒马赫是赛车手。他还有一个弟弟，也是车手。两兄弟相当有钱，但他们嫌德国税太高，不愿意在德国缴纳，所以跟瑞士和奥地利两国的税务局商量好特殊待遇后就搬到那儿去了——哥哥在瑞士，弟弟在奥地利。比如瑞士税务局说，你的钱不是在瑞士赚的（瑞士没有一级方程式赛车场），所以你是"无业"人士，每年的税就按照固定的数额来缴纳吧。

德国人表示对舒马赫兄弟这种"逃税"行为很不满，毕竟他们的钱一大部分就是在德国赚的。但舒马赫兄弟不管，他们要么觉得别人拿他们的钱修路或雇老师的想法很不好接受，要么怕自己税纳得太多了之后就没饭吃了。

忘了是去年还是前年，德国媒体报道迈克尔·舒马赫的财产突破了10亿美元。

除了这些事情以外，迈克尔·舒马赫还有什么别的特点？他有时候会赞助一些慈善机构，比如联合国教科文组织，再比如2004年印度洋大地震时他一下子就捐了1000万欧元，主要是因为他的保镖在那儿遇难了。

这就是迈克尔·舒马赫。德国人如此关注他的病情，可以试图从不同方面理解。首先圣诞节和元旦之间，大多数德国人休假。貌似中国的春节一样，很多人没事干就会看电视。但那时候有意思的新闻又比较少，所以一旦有什么事情发生了，大家都会很关注。我的意思是说，迈克尔·舒马赫要是在11月份出事故的话，估计没有那么多人关注他。毕竟他不是曼德拉。

其次呢，对于很多今年三四十岁的德国人来说，迈克尔·舒马赫就是那种陪着你一块儿长大的娱乐明星。我们不一定喜欢他，但因为他20世纪90年代开车比较牛，当时貌似天天有他的报道，所以我们已经习惯了他的存在，就跟一个不太熟悉的旧交一样。如果太久没他的消息，人们估计会慢慢忘了他的存在，但他出了事的时候，大家都会去关注。还有，大多数德国人的经济条件没有舒马赫兄弟那么好，想逃税也逃不了，想买房也买不了，如果自己的朋友在印度洋大地震时遇难的话也无法捐大钱，只能捐个几百欧元，自己默默哀悼。所以很多德国人对舒马赫兄弟的感受是挺矛盾的。一方面觉得他们很牛，带领20世纪90年代刚统一的东西德人民一起登上了一级方程式赛车领奖台，但另一方面又觉得舒马赫兄弟的逃税行为不太恰当。当然还有很多人只是嫉妒舒马赫兄弟俩是幸运儿罢了。

迈克尔·舒马赫发生事故后，很多人想知道他是不是滑雪超速或有什么别的不负责任行为，毕竟他是赛车手，肯定喜欢冒险。但他没有。他乖乖戴了头盔，滑雪速度不算太快，虽然离开了正规滑雪场但也没有故意"冒险"——结果他就那样受伤了。他所有的成就，他10亿美元的财产，他的瑞士房子，在逆境面前，对他都没了帮助，"幸运儿"跟一般受重伤的老百姓一样躺在医院里，当有钱植物人了。

德国人圣诞节时跟家人在一起，过小幸福日子。当然，跟中国人过年一样，在这个时候有很多家里的小矛盾会飘上来引起一家人吵架。德国人跟中国人一样，不想在过节的时候吵架，希望最起码在这个时候可以幸福一下。而且跟中国人一样，我们总以为别人比自己幸福。

那时候我躺在沙发上看电视，弟弟、爸爸也在。妹妹进来问我们有没有听说迈克尔·舒马赫受伤了。我们都表示对这个话题没有兴趣，但我记得自己心里想着，还好弟弟妹妹还有爸爸都安全在家里待着！

其实我当时挺想吐槽舒马赫现在还准不准备离开瑞士。因为瑞士人不久前开始考虑要不要取消对外国有钱人的特殊待遇，所以他曾经说过自己"灵活"，可以换个地方住。他现在当植物人了还觉得那么灵活吗？

但这句话我没说出来。舒马赫如果发生小问题的话，我绝对会幸灾乐祸，但对他这种伤势我只能说自己同情他，希望他可以早日恢复。

我觉得很多德国同胞也是这么想的。

"舒马赫受伤，你们真的无所谓？"妹妹问我们。

爸爸没说什么，就深深叹气，表示无聊。

弟弟说："他滑雪摔了关我啥事？"

"对啊，"我说，"他又不是总理！"

不料再过几天，我们的总理默克尔滑雪时摔倒，骨盆断裂。

德国人眼中的世界地图

我想了很久要不要接这个专栏。一方面觉得《新周刊》是个很不错的杂志，以前住的地方还真挂着它的封面系列海报，但另一方面我又不想拿偏见去吐槽。偏见无处不在，真的值得我们说吗？

"中国人爱吃狗肉""德国人都很严谨""法国人好浪漫""梵蒂冈人保守"——好吧，后面那个可能确实是真的，梵蒂冈人确实保守。不过，这种"保守"是绝对的还是相对的呢？对于我这个德国人来说，可能是绝对的。但对于前任教皇本笃十六世（德国人）和现任教皇方济各（阿根廷人）来讲，他们的"保守"肯定是相对的。据我所知，两个人看问题很不一样，本笃比较关注宗教信仰学术方面的理论，而方济各目前的表现让人觉得他比较关注实际的行动。方济各往往强调"将教廷带回民间"，表示喜欢跟老百姓直接交流，而本笃比较喜欢宅在家里写书。

他们两个人，哪个更能代表梵蒂冈？他们的"保守"是一样的吗？就好像很多中国人其实不爱吃狗肉，很多德国人并不是很严谨，很多法国人不算很浪漫一样。偏见虽然有时候有一种娱乐价值，但它们往往对不起实际的个体。

比如"犹太人善于管钱"。这种偏见我在很多地方听到过，包括在中国。德国人一般很少说到这个问题，因为我们想保持政治正确，不想让人觉得我们对犹太人有偏见。但这不说明我们心底没有这种偏见了。我觉得很多人还是有。

但是，犹太人真的会管钱吗？我认识的犹太人没有一个是百万富翁，顶多是个大学教授。这又说明什么？从历史的角度来看，确实有不少犹太人在银行业工作。为什么呢？看看我们德国的历史吧。中世纪的生活形态基本上都是以宗教信仰而定的，"保守"的梵蒂冈说了算。犹太人不能当农民，不能当工匠，基本上所有的"正常"工作他们都不能做，所以他们只能当商人。那么，小生意怎么变成金融呢？当时的德国本地人基本上都必须信天主教，而天主教徒不能收利息了。不收利息的话，搞金融就没利润了，怎么办呢？就让犹太人去搞吧！记得我们学这段历史的时候我还专门问老师，当时的国王不是普遍歧视犹太人吗，那怎么允许他们管理那些钱，这对于国王来说不危险吗？老师笑了一下说，钱带来的是权，国王给谁管钱权的同时也得开始提防他了。但犹太人不一样啊，他们不管怎么说都是社会最底层的人物，想什么时候收拾他们就什么时候收拾。对于国王来说，这方法再方便不过了！

历史的长河流转。德国人，甚至后来所有欧洲人都学到了一点：犹太人，就是那些从来不愿意干活的人，他们只会放贷、做生意。

回头看，德国人该问自己，"犹太人善于管钱"的偏见在多大程度上算是一种自证（self-fulfilling prophecy），而且它本身是正面的还是负面的？

偏见有两种，很多人认为只要是"正面偏见"就没事了。就好像有人说，"犹太人善于管钱"其实是表扬他们的意思！嗯，表面上确实可以这样理解。犹太人善于管钱，说明他们比较聪明，但这就一定意味着犹太人不擅长体力劳动吗？不就是这种引申解读引发了很多欧洲人对犹太人的鄙夷和歧视吗？而这种情绪的最终后果是什么，不就是纳粹德国进行的大屠杀（Holocaust）吗？

其实，绝大多数看似"正面"的偏见里都隐藏着一个与之相连的"负面"偏见。人们不必明说而已。比如在德国，大多数人从小被教育不要有偏见，偏见是不好的，要政治正确！所以德国人很少会把难听的所谓"大实话"说出来，尤其不对外来的人说。

但我们会说："黑人都很会唱歌啊，还很会跳舞！"

貌似我们认为这个说法比较好听，好像是在夸黑人，所以没人会介意吧。但仔细想的话，这种偏见其实意味着什么？黑人能歌善舞，那么他们是不是在别的方面比较"笨"呢？比如数学，跳舞唱歌的人懂数学吗？嗯，一瞬间就变难听了。

记得我上高中的时候，在德国北方某小镇里，外国人很少。我的一些同学长得跟其他人有点不一样，但他们大多在德国长大，所以我们一般不会把他们当正儿八经的外国人看。比如有个黑人小伙子，爸妈是刚果来的，但他已经不会说那儿的语言了，不爱唱歌也不喜欢跳舞，跟我们几个小流氓一样听重金属，一身黑衣。还有几个小孩儿是俄罗斯的，不过他们也不是正儿八经的俄罗斯人。他们其实属于"德意志族苏联人"，20世纪90年代有很多人从东欧甚至亚洲返回德国。他们恰好是小黑哥的反面：刚果重金属黑哥是外籍血统本地文化，而在俄罗斯长大的他们是本地血统外籍文化。

说实话呀，他们还真证实了不少我们对俄罗斯人的偏见：比较爷们儿，擅长数学，爱玩象棋。其中一个玩象棋，就算给他蒙上眼我们也玩不过他！那么，这个哥们儿到底属于典型的俄罗斯人还是典型的德国人呢？还是我们要接受一个全新的想法："非典型"就是新的"典型"？

我的高中外国同学还没讲完。除了刚果重金属哥和象棋才子以外，还有一个阿富汗人，他的家人是避难到德国来的。阿富汗呀，我想起了塔利班，戴头巾的大胡子，骆驼，灰尘。但我们的这位同学是个满脸长痘痘的小伙子，性格温柔甚至害羞，完全不符合我们对阿富汗人的设想。

最后来了个美国人！他不仅是美国人（酷），而且还是个黑人（酷中之酷）！记得我们几个穿着一身黑色衣服的重金属小流氓站在学校角落里讨论新来的美国黑人："特会打篮球吧！""别闹，一看就是玩说唱的！""你觉得他是NYC（日本某偶像团体）的还是LA（美国洛杉矶街舞爱好者流行的舞蹈）的？会不会是个gangster（歹徒）？""实在是太酷了！"

嗯，这位美国黑人小伙子打篮球有点矮，但确实比较爱听说唱。他不是纽约也不是洛杉矶的，更不是什么黑社会，他是美国南方中产阶级的小孩儿，来德国学习一年就回去接着上大学。

回头看，我当时对他的感觉其实是一种失望。为什么他不能更像电视里的美国人呢？我们小镇有那么无聊吗，美国人非要把自己最无聊的人送到我们这儿吗？

　　不过话说"无聊"不就是"严谨"的一种后果吗？我们是德国人，我们很严谨吗？我和我当时的小伙伴们如果听到这种说法肯定会笑翻。我们的小镇确实无聊。但不是因为人严谨，而是因为人没意思。我们就不一样！我们不是好孩子。我们不爱做作业，我们不在乎学习。我们喜欢重金属，喜欢穿黑色衣服，爱逃课，爱玩电脑游戏。我们觉得犹太人确实比较善于管钱，黑人确实能歌善舞（刚果哥们儿除外），法国人浪漫（不过也有点同性恋），意大利人好色（不过很矮），南美人善于踢球，中日韩三国人都很狡猾，而且全部会武术！德国南方的士瓦本人，我们觉得他们小气；北方的东弗里斯兰人，我们认为他们笨拙；柏林人无礼；慕尼黑人嚣张；科隆人很会开party！

　　但我们见过那些人吗？其实没有。顶多是他们的偏见形象活在我们的脑海中，像被距离扭曲的复杂屦景一样。

　　我们毕业了之后各走各的路，学校的外国同学也就这样分散了。别的都还好，只有可怜的刚果哥得病去世了。象棋才子去做了科学家，阿富汗同学做了工程师，美国黑人留学生我不知道跑哪儿去了，估计当艺术家了吧。

　　就在他准备返回美国的时候，我在休息厅里碰到过他一次。他很安静地坐在那儿，一个人，面前有一幅他正在画的画。一枝红玫瑰花。他画得很好，很有照相写实的感觉。

　　我记得他当时耳朵里塞着耳机，我还在想，他是真的在听音乐呢，还是只是不想被打扰呢？他画得很用心。

　　当时，我感觉自己第一次真正看到了他。

客观的立场？

在网上跟别人聊天，迟早会聊到时政，尤其是在微博上。其实这样也挺好的，每个人都应该有自己的观点和想法吧，可以跟别人分享。但我经常碰到的情况是，别人会说"雷克啊，你作为外国人比较客观"或者"你作为外国人不够客观"。这两种说法我觉得都不对。

无论自己是哪国人，看什么问题都不会客观吧。

可能也有历史的渊源，我觉得中国人很难承认自己有个政治立场。其实，有个自己的政治立场到底有什么错呢？

讲讲我们德国吧。德国有很多政党，但是最后能进德国联邦议院的政党只有几个：关注社会福利的左派党德国社会民主党（SPD），相对保守的右派党德国基督教民主党联盟（CDU）及其在巴伐利亚州的兄弟党拜仁基督教社会联盟（CSU），偏社会主义的极左党德国左派党（Die Linke），关注环保问题的偏左党绿党（Die Grünen），偏向自由主义的偏右党德国自由民主党（FDP）。除了这些以外，还有一些无法进入联邦议院的党派如排外的极右党德国国家党（NPD）、新成立的关注网络的海盗党（Piraten Partei）和拒绝欧元的新选择党（AfD）。

这么多党派，从极左（Die Linke）到极右（NPD），每个人都可以找一个比较能够代表自己政治立场的。顺便说两句，我个人喜欢绿党。因为我觉得，自20世纪80年代初有了绿党以来，德国的自然环境确实比以前好多了。记得过去很多人对乱扔垃圾没有任何概念，吃了什么东西就会把包装随便扔到地上，现在却不一样了，绿党在这方面的贡献很大。德国政府一般不止由一个政党主政，而是两党合作，一个大党，比如SPD或者CDU/CSU，再加上一个小党，比如绿党或者FDP。我给绿党投票时其实不希望它成为大党，因为我有时也觉得它的政见有些太过理想主义，不符合现实，所以我希望它可以做大党的小伙伴，让德国更环保一点。

说了那么多，其实就是为了解释我为什么不介意告诉别人我的政治立场。比如我跟德国人讨论时政时，我一点也不怕别人说我是绿党支持者，或者我是环保主义者。因为我本来就是。我也不会觉得自己"客观"，因为我本来就不客观，如同对方也不客观一样。

但在中国网络上聊时政，往往有一些人攻击你，说你的观点这里有错那里有错，你说的这一点是证明不了的，那一点是在造谣。等你最后问他们是"左派"还是"右派"，他们往往会说自己没有政治立场，只是"客观"而已。我无言以对。

讨论任何政治问题的前提是得首先承认自己有立场，而立场从来不可能是客观的。

我在德国属于环保主义者，在中国也一样关注自然环境以及人类对它造成的破坏。但在当前中国的发展状态下，我更是属于"自由派"。我知道中国自改革开放30多年来的经济发展有多复杂，有多不易，我感到很敬佩。我同时也希望这个国家可以继续勇敢前行，可以更加开放，老百姓可以更自由地讨论时政，可以不用害怕承认自己的政治立场，可以不用装"客观"，以一种既自信又文明的心态来讨论那些跟大家的生活有关的话题。

选还是不选？

度假回来，发现我们家桌子上有一份《图片报》。这是德国卖得最好的报纸之一，政治立场偏右，比较保守，内容很简单化而且往往偏民粹主义。总之，看到《图片报》在我们家桌子上的时候我有些不解。

"怎么还买了这种垃圾报呢？"我问我爸。

"不是买的，是免费送的！"他说。

仔细看确实是《图片报》的"德国联邦议院选举版"，内容全是关于选举，包括前总理科尔（偏右）和施罗德（偏左）的专栏，试图鼓励德国人民去投票，无论政治立场如何只要去选就好。我爸说，这期的《图片报》还是有点意思，比一般的时候要好看很多。

今天是星期天，外面很安静。安静是因为我家在小镇上，人本来就很少。此外还有一个原因，就是按照德国法律星期天不许上班。当然这个法律有很多例外，比如医生和警察星期天当然也要工作，但是普通蓝领白领就不上班，超市和购物中心也不开门，所以星期天在德国本来就是比较安静的一天。也可以说是比较无聊的一天，适合出去散步，适合待在家里看电视，当然也很适合办选举。

我去投票的路上想的就是这个问题："政治"这个莫名其妙的东西怎么到处影响我们每个人的日常生活呢？比如这个"星期天休

息"的规则，以前没有去过国外的时候我还觉得德国星期天没事干
是很正常的事，但是现在我的看法貌似发生了一些变化，我发现我
其实希望星期天购物中心也可以开门，那样会更热闹、更好玩，可
能对经济也有好处吧。这也是政治定下来的，联邦议院和各州议会
各有自己特定的立法权。"星期天休息"被固定在基本法里说明想
改也改不了，但是取决于具体怎么进行这种"休息"，比如有的地
方会安排一些允许商店开门的星期天，这都是政客说了算。所以除
了经济、教育、治安、环保、国际关系这些大问题以外，我去投票
的话也要考虑我支持的党对"星期天休息"有什么看法。因为给政
党投票，也是给自己的立场投票。

我到投票站时发现地方很小，是一个我们小镇用的会议室，里
面坐了几个志愿者。要给他们看身份证，他们把票给我，让我到一
个小亭子里填。必须一个人进去，不许让别人看，秘密投票，保证
我投的票出于个人意愿。我填完了把票塞到一个箱子里面就回家。

路上我在想，上次德国选举只有70%多的投票率，怎么还有那
么多人不去投票呢？而且最近有一些德国公众人物，一些知识分
子、记者和演员，说自己就不去投票。他们的理由基本上有三种：
有些表示对政治不感兴趣，有些说没有一个党能让他们完全满意，
还有些说不去投票是因为德国的民主制度有问题，他们无法支持这
项制度。

我觉得这些想法好奇怪。如果政治都管你星期天允不允许上班

的话，那你怎么还能对它不感兴趣呢？政治对你有兴趣，你无视它不是对不起自己吗？没有一个政党能让你完全满意也是很正常的事情，但是总有一个让你相对来说比较满意的党吧。如果你觉得制度有问题的话，那么你可以入党去改变这个制度，或者你也可以建立一个自己的党去改变它。

有一个很基本的逻辑：如果你不去投票的话，你害的其实就是那个立场离你最近的党，因为你没有把你的票投给它，而是投给了大家。全票少了你一张，说明所有的党都少了一点压力。假如某一天全德国只剩下一千个人去投票的话，还是会按照百分之百的投票去算谁赢了谁输了，那么政党的压力就小很多了——跟几千万个人来比，一千个人多好说服啊！

当然，如果你从本质上不喜欢民主这个概念，如果你不想投票，如果你希望别人最好都不问你意见直接说了算，那么这个世界上有多少个国家比较适合你生活，有多少个人愿意直接跟你换位呢，亲爱的德国同胞？

现在是晚上7点多一点，全国的票还没数完，暂时看起来好像默克尔的CDU还是老大。网上有各种分析和预测。我喜欢的小绿党只达到了8%多一点。这个数字看起来不多。

但是我还是很开心，因为这个数字里有我的票。

骗人的前总统，给他点钱吧!

2012年2月，德国总统克里斯蒂安·武尔夫（Christian Wulff）主动下台。他那时候才50多岁，是德国历来最年轻的总统。

在他下台的那天，我感觉非常得意。因为他其实不是自己愿意下台，而是被逼的。他的问题在于，在他当总统的时候以及之前，他接受了一些最好不要接受的钱。这些钱其实算不上很多，比如他盖房子的时候问朋友要贷款，50万欧元的房子并不是朋友送的，武尔夫还是要还人家贷款。唯一不一样的是，他不用交利息。

这件事以及其他类似的事情被媒体曝光了之后，几乎全德国开始讨论武尔夫的行为。虽然他做的事情听起来不是很过分，但很多人包括我认为他作为总统就应该下台。

我们都希望自己的政客不贪污腐败，我们都希望他们是干净的，但我们也不是傻子。我们知道政治界很复杂，有很多内幕和关系我们可能看不到。但在我们不能要求所有的政客百分之百干净的情况下，我们还是会希望最起码国家级领导人是没有这种问题的，对吧?

回头想，我觉得武尔夫可能只是太年轻了而已。要知道德国总统的地位几乎完全是代表性的。名义上在总理以上，但实权都在总理以及政府那儿，总统只是到处出现握握手，偶尔说句话而已。所以我们的国家总统一般是个老人。政治方面和工作方面的事业都已经完成得差不多了的老人去当几年德国社会的"干爹"。想象武尔夫如果到了70多岁，他的贷款还完了，他对权力的希望差不多满足了，他那时候当总统应该没有什么大问题了。

但是现在，他只能在媒体以及别的政客的压力下选择主动下台。

如果你以为下台就完事了，那么你错了！德国人和别人一样爱落井下石。

武尔夫下台后不叫"总统"了，而叫"前总统"。作为前总统，国家要养活他。每年给约20万欧元生活费，除此以外还提供办公室以及秘书，还有一辆车以及司机。

很多人看武尔夫享受这种豪华的日子很不是滋味。他不是明明犯错了吗，怎么还对他那么好?！

我第一个反应其实也如此。但后来跟我爸说起这个问题时，他问我希望武尔夫怎么样。我说，总不能就这么简单处理他，还年年拿到一大笔钱吧！

我爸又说，武尔夫受到法治社会的处理是必经的。他如果违法，这与他是否是前总统无关，甚至坐牢也不是不可能。但这应该是法院说了算吧！

我爸又问我希不希望武尔夫缺钱呢?

这下我才明白了。总统不仅是个人，更是个代表国家形象的职位。我当然不希望武尔夫缺钱。我不想让他作为前总统找工作，不想让他为了钱而出书或者上电视节目。这不是我对他个人的关切，而是对他的职位的尊敬。

德国前总统作为人应该受到跟别人一样的法律对待，但我们也不能因为对他的行为不满意而不给他钱，让他为了养活自己而"下海"。

这件事情以及我爸跟我的对话改变了我对政客拿工资的态度。我曾经认为政客不能赚太多钱，他们应该是为百姓服务的，想赚钱的话总不能当政客吧！

但现在我认为这个想法不完全对。政客当然不能赚太多，但他们也不能赚太少。想象一个对自己的生活水平不满意的政客要面对那些年年赚好几百万欧元的企业老板，就感觉不踏实。

当然，工资再高也没办法改变一些人的心理。比如德国总理一年的工资有20多万欧元，应该差不多够了吧。但我们前总理格哈特·施罗德在自己下台了之后就开始在北溪集团（Nord Stream AG）上班。这个企业跟俄气（俄罗斯天然气工业股份公司）有密切关系，而俄气刚好是施罗德在他当总理的时候一直比较关注的企业。

本来我觉得施罗德还不错。

那些没有胳膊的孩子

我眼前是一张黑白照片：场景似在海边，一个男人怀里抱着一个约莫一岁的孩子，孩子笑得特别灿烂。细看才发现，这张照片是德国历史上一场悲剧的证据。

不久前，我在北京某电视台上了一期节目。我穿着粉红色衬衣站在台上，面对专家、观众和主持人，聊的是奶粉问题。据媒体报道，新西兰恒天然合作社集团的某根管道清理不当，导致部分奶制品中含有有害细菌。我自己没有孩子，我爸说以前也从来没有给我们喝过奶粉，所以我对这个话题本身并没有多大兴趣。但奶粉问题其实很有讨论价值，尤其是在很多中国人不愿意买国产奶粉的今天，新西兰奶粉是否安全是一个重要的问题。

专家们的讨论很热烈。一位年轻学者认为新西兰奶粉事件跟2008年三鹿"毒奶粉"事件是两码事，完全没有可比性。一位官员认为国外的食品安全做得也不比中国好，建议大家放心喝国产奶粉。他有方言口音，我得集中注意力才能听懂，但观众们没多大问题，每当他说到中国食品很安全时，台下就会响起笑声。一位奶制品公司的老总愤愤地说："我们中国人为什么不能原谅自己过去犯的错误呢？我们原谅了日本，我们是有道德的人，我们还不喝自己的奶粉吗？"他说的时候涨红了脸，因为激动。我的脸也红了，因为尴尬。我觉得他说的压根不在点上：奶粉问题与道德无关，也与国家无关。

在德国，我不怎么关注食品安全，因为我基本上放心。虽然我并不认为一定不会出现什么问题，但我相信独立于企业和政府的管理机构能够处理。

那天录节目的时候，我面对专家们，觉得自己在班门弄斧，老外卖乖，有些不自在。每次到我说话时，我几乎都会支吾几句，最后再加上一个词：法治。

其实，我很想给大家讲50多年前的"反应停（Contergan）事件"——德国历史上最大的药物丑闻。反应停曾经是一种提高孕妇孕期舒适度的药。1961年，媒体披露反应停对胎儿有严重的副作用，好几千个婴儿出生时要么没有胳膊，要么没有腿，要么两者都没有。

事件曝光后，受害者起诉了制药公司。法院裁决制药公司出资建立基金会，负责受害者的赔偿，并且裁决国家出资支持该基金会。由于受害者认为赔偿金额过低，事件处理久未平息。为了避免此类事件再次发生，德国联邦议院修改了《德国医药法》（*Arzneimittelgesetz*），细化了医药安全检查。此后，德国人对药品及国家的信任又渐渐恢复了。这种信任是无法直接索取的，只能通过法治证明有效后慢慢培养。

当然，对那些没有胳膊的孩子来说，这一切都没有太大意义。

对于他们来说，当年法院判给他们的赔偿太低，联邦议院的法律改得太晚，无论怎样都无法还予他们胳膊，无法还予他们双腿。当时的德国社会向前迈出了一步，他们付出了代价。

50多年过去了。那张黑白老照片若不仔细看，根本发现不了孩子是没有胳膊的。他在爸爸怀里玩，风吹着他的头发，他眍着眼睛张着嘴巴，笑得太灿烂。

灿烂得让我湿了眼角。

抱歉，你的宣传任务没做好

2008年奥运会时，德国之声（Deutsche Welle）中文部的华人记者张丹红受到了降级处分，原因是她写的部分报道被质疑"太亲中共"。为此风波，德国之声还专门邀请了一名德国汉学家查看中文部的报道是否符合德国之声的要求。

很多人包括我自己对德国之声此次的表现很不满意。首先，我认为张丹红写的报道蛮中肯的。我们都知道中国可以批评的地方很多，但优秀的地方也不少。而且，为什么要找汉学家查看自己的中文报道呢？难道德国之声的中文部负责人不懂中文吗？回头想，"不懂中文的中文部部长"这种生物在这个官僚主义气息如此浓厚的国家也应该属于"见怪不怪"吧。

但最让我纳闷的是，为什么有一些中国人非要把这事和"言论自由"扯到一块呢？

言论自由的大概定义是，每个人在法律的范围内有说话的权利，而不是任何媒体都必须接受任何人的政治立场。假设我是左派记者的话，那么我就可以打着"言论自由"的口号去要求右派报刊登载我的文章吗？当然不可以。

德国之声这次的表现也就是这么一回事。

那么，德国之声到底是一个什么样的媒体呢？

我要是说它是"宣传工具"的话，恐怕很多德国同胞不会赞同。这跟我们的历史有关。

每种语言都有一些敏感词。二战后德国不允许公开说"希特勒万岁"，而且除此以外还有一些词虽然名义上不违法，但同样被纳粹主义"污染"到不能用的地步了。比如"雅利安"和人类学上的"种族"，一旦被人说出来就会让一般的德国人感觉非常尴尬。

"宣传"（propaganda）也属于这种词。想想纳粹德国的"国民教育与宣传部长"约瑟夫·戈培尔就知道了，战后德国不可能再有"宣传"这个说法了。

那么，德国人不说"宣传"就说明德国人不进行宣传了吗？非也。我们只是不说而已。

《德国之声法》（*Deutsche-Welle-Gesetz*）第四条规定："……让人们认识到，德国是一个拥有深厚欧洲底蕴的文化大国以及以自由为宗旨的民主法治国家。"这句话的具体意思再明显不过：德国人普遍认为自己的政治、社会体制很优秀，德国之声的任务其实就是进行对外的体制宣传。但作为国有的公共媒体，德国之声不允许为任何政府包括德国政府做宣传。法律的第五条说明："节目必须为其观众形成独立观点创造条件，不得单方面支持某一政党及其他政治组织、宗教组织、工种类别或利益集团。"事件的根源其实就在这里。

所以我只能说，张丹红当时的宣传工作没有做好。

与言论自由无关。

chapter 5 纳粹与日本

，

拜访侵华日军南京大

屠杀遇难同胞纪念馆

中国教会我包容

姑娘，你知道

纳粹吗？

德国罪，日本罪

......

拜访侵华日军南京大屠杀遇难同胞纪念馆

到处可见同样的一个数字：300000。三番五次。来的路上，司机就跟我说了，纪念馆是免票的。我想，也正常，谁想赚受害者的钱？司机又说，中山陵也免票，因为台湾人给南京市政府提了意见。我说那挺好的，南京市政府还很听话，司机就苦笑说，这是小事。我就没有问大事了，反正纪念馆是免费的，别的地方我也不去了。

纪念馆门口站着保安。他们跟游客说要小声说话。我想，这也是应该的，毕竟这是纪念馆。只不过游客没有理会保安，继续叽里呱啦聊下去。

就这样，我们踏上了南京大屠杀纪念馆的广场。

烈日。太阳的光线打到我的头上，我一身全是汗。南京是火炉，一点也没错。墙上一个数字：300000。

纪念馆里面的游客有些在喃喃低语，有些在大声聊天，有些是张开着嘴巴看那些被展示的照片、武器、衣服、文件。"日本人怎么能否认呢？"我身边的一个女孩子问她朋友。她口音很重，南方人。她朋友不回答。这种问题要怎么回答才好？突然出现一个栅栏。栅栏的这边是我们一群游客，栅栏的那边是个坑，而坑里全是尸骨。我虽然看别人写的书里面说到了这个地方，但我还是没有做好心理准备。"他们这是仿品还是真的？"我问一个站在我旁边的年轻小伙。跟刚才那个小伙子长得挺像。"这是真的。"他说。我不知道我在他脸上看到的是不是一种骄傲，一种以这些真尸骨为傲的感觉。原来那是真尸骨。他们赤裸的肋骨长得特别娇嫩，像小鸟一样，让人觉得他们完全孤苦伶仃，很令人难受。我又想到了集中营，不记得在那里面有没有看到过尸骨，反正集中营里面的大多受害者也是被烧了吧。我跟小伙说："我宁可这些尸骨是仿品。你没想过这些可怜的人被摆在这儿永远没办法安息吗？"这下是他说了声："哦。"

我离开那些可怜的尸骨。日军用的机枪又让人觉得自己在看动作片一样，然后就是"好纳粹"约翰·拉贝的"红卐字"旗。旁边有个牌子说拉贝救了多少多少人，南京人对他感恩，这些我大概已经知道了。但我现在面对这些生锈的历史痕迹才反应过来：拉贝是纳粹。我只能看到那个莫名其妙的"红卐字"。虽然这不是德国的黑"卐"字，但我不得不联想。

德国的"卐"字害了6000000犹太人以及无数其他人。对于拉贝的最高领导希特勒来说，这些300000受害者其实全部也只不过是他所谓的"非雅利安人"而已。这位拉贝先生能在这个离我们德国那么远的地方做那么多好事，变成一个民众英雄，这当然很好。但是我一直想的是，拉贝的伙伴们同时在欧洲建立了人间地狱。杀人者与受害者，坏人与好人，日本人与德国人，这一切都显得完全——偶然。我看着那面救了多少无辜南京老百姓生命的"红卍字"旗，一身鸡皮疙瘩。

我突然很想写日记，收拾一下这些乱七八糟的想法。在我往小本子里面写德国字的时候，不少游客在偷偷看我。大部分的表情是友善好奇，只有一小部分貌似怀着质疑的心态，就好像我是记者或者间谍什么的。还好不管怎么样我不大可能是日本人，我心里想。我在中国的时候经常听到别人说"小日本"和"日本鬼子"，可见老百姓对日军的仇恨有多深。不过在这个纪念馆里，我看到一个展品，就是南京人当时用的瓷瓶，上面有一行很整齐的字：打败日本侵略者。我想，这是一个相对来说很有礼貌的说法。我身上的汗早已经干了。纪念馆里面很凉快，貌似令人忘掉外面的天有多热，但游客还是累。往往有些人坐在一个台子上，然后往往就有保安跑过来让他们别坐了。台子后还是那个数字：300000。

"你记住了吗？"另一面墙上有大字问游客，而旁边有文字说道："我们永远不能忘记弱国就要挨打……"这是提醒全国老百姓吧。胡锦涛来过，江泽民也来过。弱国与强国，感觉跟好人与坏人一样偶然。我想，弱国里面的弱者呢？强国里面的强者呢？事情真的有那么简单吗？

不过纪念馆还没完，日军还没投降。拐弯，一张照片，上面两个大男人，拍摄角度从下往上，显得他们骨架相当壮，他们肩膀上扛着枪，下巴凸出，脾气很坏的样子，眼神充满骄傲。他们是中国人，而且是战场英雄。我在那张照片前站了很久，感觉自己的心跳激动地加速，可能是因为看了那么多可怜受害者的惨照，现在突然能看到这两位大老爷们儿，我觉得很开心，貌似他们俩就可以把所有日军从南京赶出去！

然后就是最后一个展厅。红、蓝、白。民国国旗。貌似是他们解放了南京，日本人最终投降给他们了。我很是吃惊，因为政府承认了国民党的贡献。

我坐在车上，往外面那个热闹的南京城看，太阳准备下降，温度变得令人好受一点，老百姓下班了准备回家吃晚饭，外面全是车和人。

这时候，我又想起了那些娇嫩得像小鸟的尸骨。

中国教会我包容

我家小镇位于德国北部，离"会展城"汉诺威不远。它叫巴特嫩多夫（Bad Nenndorf）。

德国地名如果带Bad（英语Bath）的话，就说明这个地方有温泉之类的东西。我们家小镇当然也不例外，只可惜不是那种好玩的给年轻人泡的温泉，而是给老人养病的疗养地。这个地方土壤里面含硫比较多，好像对皮肤比较好。我从来没有泡过那些老人泡的温泉。

我家小镇巴特嫩多夫不大，人口一万，几乎谁都互相认识，镇长就是当地足球队的教练。当我在外地的时候跟别人说起我的家，他们一般是没有听说过它的，所以我只能说：汉诺威往西30公里，那就是我的家。

不过最近几年，我们这个小镇还真上了头条新闻。那是因为新纳粹游行的事。

在当下德国社会里，新纳粹是极少数，而且是对德国政治很不满意的少数。不满意的人一般都很喜欢让别人知道自己为什么不满意，新纳粹也不例外，因此，他们尤其喜欢游行。但是游行总需要个理由，而新纳粹的目的和标志基本上都属于违反宪法的，所以被禁止。比如说纳粹礼，违法。比如说纳粹"卐"字，同样违法。

所以，当那些新纳粹发现了我家巴特嫩多夫的历史特殊性时，他们兴高采烈。

这个地方的历史特殊性几年前被记者曝光：1945年第二次世界大战结束以后，英军在巴特嫩多夫的疗养院里面建立了一个监狱。在这个监狱里面，他们审讯德国前国防军的一些人。审讯的过程当中发生了一些暴力事件，甚至刑讯。新纳粹得知这件事的时候觉得很得意。

因为在德国，否认纳粹罪名也是违法的，所以新纳粹一般不敢公开否认。当新纳粹发现了英军曾经对德国人进行刑讯的时候，他们就有了一个新的说法。这个说法就是："你看，就算我们自己那时候干了坏事，但别人也好不到哪里去！"当然，一般德国人不会认为毒气室里被杀死的600万个无辜犹太人和那几十上百个被刑讯的前国防兵有什么可比性。但新纳粹是极端分子，而极端分子的思想与逻辑是比较特别的。

当德国新纳粹发现了这件事的时候，他们找地方政府申请游行权：接下来30年，每年8月初举行一次游行，理由是为了纪念那些在英军手下被刑讯的德国人。当巴特嫩多夫老百姓发现了新纳粹游行的申请获得通过时，很多人表示无奈，甚至生气："那些新纳粹明明不只是纪念受害者的意思，他们更想暗示一种历史相对主义，那么为什么他们被允许在我们小镇上游行呢？"

这个问题的答案很简单：因为他们不违法。

2006年第一次游行的时候，新纳粹几百人，反法西斯分子好几百人，另有几千个警察。警察的任务就是阻止新纳粹和反法西斯分子互相殴打。剩下的就是当地老百姓围观。每次游行的时候，我们整个小镇的大街上满是人，而且每次也有不少媒体报道。

我记得游行的第一年，我完全支持反法西斯分子跟新纳粹发生冲突。可能是因为我从小受到反法西斯教育，我觉得不能包容新纳粹，最好把他们从我们的小镇里打出去。那时候，很多人跟我想法相同。

所以警察很忙。

我依然反对新纳粹。但我不支持别人阻止他们游行。只要他们做的事情保持合法性，那么我就支持他们言论自由。

我们镇上的人，有一些也算明白了这个道理。

2006年反法西斯分子和纳粹发生冲突以后，镇上的老百姓换了一种抗议方式。他们年年会在新纳粹游行的那天在整个镇上搞很欢乐的party。当然，游行的时候不许在路上聚会，但是老百姓很聪明，他们就在自己家园子里搞party，完全合法。当新纳粹游行的时候，整条街每一家园子里都有很多人，他们会喝啤酒，吃烤肉，听音乐，聊天。而马路上的新纳粹就傻傻地从他们的房子前面路过。

巴德嫩多夫的老百姓没有阻止新纳粹游行。新纳粹再极端再笨再坏，老百姓也没有跟他们发生冲突。但他们还是抗议了。老百姓

没有把自己的小镇让给那些新纳粹。他们给全世界看：这是我们的
小镇，我们喜爱它，不想它被那些新纳粹思想污染。在他们合法游
行的时候，我们一样合法在边上搞party，给他们看我们的生活比他
们快乐多少倍。

就因为这件事，我以我们家小镇巴特嫩多夫为傲。

姑娘，你知道纳粹吗？

　　言论自由当然不是绝对的，而是相对的。有一次，我在某个德国摄影论坛上传的一张照片就没通过审查，照片上是一座我在中国南部拍的佛像。论坛把它加了密，给我发邮件说：佛像身上的"卐"字违反了德国宪法。我回复说这明明与纳粹无关，不过是东方宗教的一个很无辜的标志而已，何必那么小心眼？但论坛的人还是不肯，我只好把那张照片删了。不久后，我也不上那个论坛了。

　　可见，德国人对纳粹标志还是很敏感的。虽然德国言论自由程度总体来说还算比较高，但是"卐"字不能随便用，哪怕没有纳粹主义的意思，也不能用。

　　在中国当然不一样。首先，中国人把佛教和纳粹标志分得比较清楚。其次，中国人对纳粹主义没有我们德国人那么敏感。

　　走在中国大街上，我有时会碰到一些衣服上印有纳粹标志的，或者项链上刻有倾斜"卐"字的，甚至把"卐"字纹在身上的人。我看见这些符号时的心情很复杂。第一个反应是起鸡皮疙瘩，觉得恐怖。第二个反应是想知道对方是不是出于宗教信仰使用那些我觉得是纳粹的标志。如果是的话，那就太好了，就没问题了。第三个反应是，如果那个人真的是在宣传纳粹主义的话，我是不是该说一句呢？

我一般什么都不会说。一次，我问一名手上文了个"卐"字的小姑娘："那是什么？"

她说："是文身。"

我问："哎呀，我知道是文身嘛，问你啥意思！你信佛吗？"

她说："啊？好像不信！"

我问："知道这个标志在我们德国是什么意思吗？"

她摇摇头，尴尬地把手塞往裤袋里面去。我就放过她了，觉得自己不应该那么自以为是。

不过我既然很荣幸可以写一本关于中国的书，那么我就把我的想法说出来呗：在我看来，德国人当纳粹，那是坏，而在中国做纳粹，那是蠢。

那些人为什么要崇拜纳粹呢？

可能很多崇拜德国纳粹的中国人觉得纳粹设计比较"帅"，比如国防军、党卫军的军装什么的。这一点我勉强可以理解。我也觉得《我的奋斗》是一个不错的书名，但我作为德国人从来不会想要不要用它，因为它被希特勒用过了。当然在中国不一样，比如罗永浩以《我的奋斗》为书名写自传很正常。

打个比方吧：我记得自己还是一个不了解亚洲历史的德国小孩儿时也觉得日本的"旭日旗"挺好看的。不就是红红的太阳吗？后来才知道那面旗子给整个亚洲包括日本自己带来了多少灾难。我现在依然觉得旗子本身好看，但是我不会把它穿在身上，因为我了解它的含义。中国人如果纯粹认为纳粹标志和军装好看的话，那么我建议他们去看《星球大战》，那部电影应该挺符合他们的审美观，而且完全只是娱乐，对人类无害。

但如果那些喜欢纳粹的中国人真的对"第三帝国"的军国主义思想有好感的话，我就得提醒大家：你们也是希特勒消灭的对象。原因很简单：你们是亚洲人。就算当时他跟蒋介石或者跟日本人合作了，最终他也无法接受亚洲人的存在，因为亚洲人不属于雅利安人。不信就给你看一段希特勒在《我的奋斗》里写的话："我们今日所见的人类文明，文化、科学以及技术的结晶，几乎无一不是雅利安人创造的。这一事实，恰又证明了这个不无依据的结论：雅利安人不仅是高级人类的唯一奠基人，也是'人'这一词语所指的原型。"

这段话，看完了没有什么误会了吧？希特勒要赶尽杀绝的，不仅仅是犹太人。

如果你觉得那只是他嘴上说的，那么请参考1942年7月1日发布的第29军命令："以发生在德国士兵身上的残暴行径为虑，自今日起，全体蒙古及亚裔人群就地枪决，无论战俘、降兵或百姓。"

这才是纳粹主义意识形态的精神。德国摄影论坛现在把佛教的"卐"字给屏蔽掉了，可能确实有点过分。但德国人真的害怕历史重演，不愿重蹈覆辙。

　　如果有谁作为中国人，作为"亚裔人"不怕历史重演，甚至崇拜那些试图消灭你们人种的纳粹，那我只能说，你很无知，你很蠢。

德国罪，日本罪

很多中国人不喜欢日本，我是德国人，我应该觉得无所谓吧。很多中国人反而很喜欢我们德国，我应该觉得高兴吧。

我是高兴。但是，我觉得这个话题值得多说两句。

大多数人对德日两国的态度应该都跟二战和二战后的历史有关。在日本侵占了亚洲的一部分，德国侵占了欧洲的一部分的这段时期内，两国都干了很多伤天害理的事。1945年后的它们作为战败者要建立民主社会，要向受害者道歉，德国要"去纳粹化"，日本要"去军国主义化"。

德日两国在道歉方面则各有各的不尽如人意。1970年西德总理勃兰特在华沙犹太人殉难纪念碑前下跪的事让很多人感动，但是这并不说明现在欧洲没有人反感德国了。1972年日本首相田中角荣向中国道歉说："日本方面痛感日本国过去由于战争给中国人民造成的重大损害，表示深刻的反省。"但是这句话似乎没有被大多数中国人接受。道歉的一个基本问题是，有一些事情是不可原谅的，你再道歉再下跪也没用，尤其是如果对方认为你缺乏诚意的话。在"去纳粹化"和"去军国主义化"方面德日都失败了。两国二战后几乎所有律师、政客、军人、企业老板，甚至大部分老百姓都被过去的意识形态牵扯在内。你把那些人统统"清洗"掉的话又靠谁去建立

新社会呢？二战之后大部分纳粹分子和军国主义分子依然存在，只
不过社会主流思想不再与他们一致了而已。

　　说了那么多，其实我想说的是：中国人，请你们别在讨厌日
本的同时盲目喜欢我们德国好吗？德国人在二战期间的行为也很
残暴。

　　历史可以这样比较吗？其实不可以。历史不是必然发展的，
每个国家的情况都不同。但在此我还是要违反原则，拿日本和德
国二战时期的行为做比较，说说我为什么觉得德国的罪名重过
日本。

　　我这么说是不是因为日本离德国远，距离产生美，而且我不了
解亚洲历史？我当然不敢说自己很了解历史，即便是欧洲历史。毕
竟我也只是上高中和大学时学过，不是历史学家。但是我还是想
说，战俘营里的极刑、食人事件、死亡行军、慰安妇、日本昭和天
皇的"三光"政策、南京大屠杀、731部队的活人实验、化学战和
细菌战，这些我都听说过，也读过资料。但这些罪名都是战争罪，
跟"第三帝国"的罪名还是有所不同。

　　那么，德国的特殊性到底是什么？简单来讲有三个层次：西线
战场、东线战场和大屠杀（Holocaust）。

　　历史不能假设。但为了说明我的论点，我还是假设德国二战期
间只有西线战场的话，它犯下的其实只是历史上不断重蹈的战争
罪；在假设德国除了西线以外还有东线战场的话，历史对它的评价

可能跟对日本的看法差不多。残暴，但不是绝无仅有的残暴。

德国人独负的罪名在于大屠杀，Holocaust这个词在希腊语中本是"彻底焚烧"的意思，现在在英语和德语中都专指二战中德国纳粹对犹太人进行的种族清洗。中文基本上将它翻译成"犹太人大屠杀"，其实还不够准确。大屠杀指的是故意杀害大量人类的行为。西班牙的征服者、中欧三十年宗教战争，人类历史中大屠杀发生得还少吗？

"第三帝国"的德国人进行的不仅仅是大屠杀，它是有理论支持的、系统性的、工业性的大屠杀！当时的犹太人、吉普赛人、同性恋、社会主义者以及其他纳粹认为"不值得存活"（lebensunwert）的人群首先被立法歧视，强制登记。新修铁路专线连起来的上万劳动营、中转营、集中营和灭绝营的目的在于：把这些人统统"清洗"掉，跟害虫一样。

纳粹"恨"那些受害者吗？强奸、杀人是恨的表现，但是当时的纳粹大多并不是这样。他们冷静地思考出一套理论，冷静地制定好一个"消灭项目"，冷静地开始工作。

这种行为在人类文明的历史中是从未发生过的。

我们会怎么做？

那天我做了一件自己从未做过的事。我在网上查了一些德国新纳粹的宣传资料。以前我跟大部分德国同胞一样，由于从小接受反纳粹教育，自然而然地以为新纳粹宣传属于一种"精神污染"，听也不想听，看都不想看，最好就无视那些人算了，反正他们只不过是一群loser（失败者）罢了。

但我的想法最近发生了一些变化。有一次坐火车时跟一位年轻人聊天，不知不觉中聊到希特勒，年轻人说："元首有功有过，你也得承认他为我们的祖国做了很多事儿嘛！"我听了之后鸡皮疙瘩都起来了。我得承认什么？有功有过吗？好像希特勒先生修建了几条高速公路，所以他造成几百万人死亡的事实就可以忽略了？这位年轻人是怎么想的？

回家后我决定研究新纳粹宣传资料，在网上搜索有关斜"卐"字、纳粹礼、希特勒、戈培尔、种族主义、犹太人问题等的各种信息。找到的东西有些很吓人，有些不过愚蠢而已，但它们都有自己"内在的规律"。意思就是新纳粹那些道理是有前提的，比如你要接受雅利安人比别人优秀的前提才能认同《纽伦堡法案》，比如你要相信奥斯维辛集中营大量购买齐克隆、B毒气真的只是为了杀虫消毒而已，才能觉得那近百万在奥斯维辛失踪的人都移民海外了。

但有一些细节不好解释。比如万湖会议决定的"最终解决方案"和戈培尔1941年在日记里写下来的那句话："元首决定在犹太人的问题上做个了断……世界大战已打响，灭绝犹太人定会发生。"当然，这对于新纳粹来说不过是某种阴谋论而已。真的是想信什么就信什么，跟信教一样的。

搜索新纳粹宣传资料让人很累，但我最终还是发现了一个有意思的视频。貌似有人把希特勒演讲最有感染力的几部分剪在了一起。其结果是短短几分钟的片子，背景音乐好莱坞似的感人，希特勒讲的是社会福利，是他自己为德国的牺牲，以及类似的各种催人泪下的话题。看得我又不止一次起了鸡皮疙瘩。第一次是看短片后的各种感动，第二次是发现自己被感动后的各种恐惧。

那时候，我突然明白了希特勒的真正可怕之处。

这是学校从来没教过我的事情。我上学时经常要学"第三帝国"历史，但老师从未给我们看过这种宣传资料。我们会看希特勒的一些演讲，但往往是最疯狂的片段。所以，我们一直很不理解为什么当时德国人能支持一个那样的人，一个那样的怪物。

这一点上，我认为德国老师做得不够好。他们应该让德国孩子听到希特勒那些感人至深的话，让他们感受到希特勒当时是怎么引诱德国人民的，让现在的德国人不再觉得自己比当时的德国人更有抵抗力，让他们知道"团体"的力量以及随之而来的风险有多大。

我看到那些新纳粹宣传资料时才明白，我们并没有比过去的人更具抵抗力。

前一段时间跟妹妹和爸爸讲我的新发现，妹妹就感叹："幸好我们活在现在，换作那时候的话，我们这样的人肯定会挨整！"我爸想了一会儿，最后说："你能确定换作那时候的话，我们会跟其他人不一样吗？"

就是这个道理。

集中营

前几天跟几个朋友去我家附近的集中营纪念馆，叫作贝尔根-
贝尔森（Bergen-Belsen），就是阿姆斯特丹的知名犹太小女孩儿
安妮·弗兰克（Anne Frank）遇难的地方。她那时候才15岁。

贝尔根-贝尔森离我们家小镇不到100公里距离，顺着高速公
路开车半个多小时，看到纪念馆指示标下去，再从一条森林小路开
往纪念馆。看到左右的树木呼啸而过，我突然想，貌似很多集中营
都位于大自然中，离周围的县城村镇比较远。说好听点就是所谓的
"日耳曼人"自古以来都很喜欢森林。古罗马人不止一次发现了这
个特点：跟别的民族不同，德国人就是活在森林里面。森林，便是
他们（我们）的力量。而且德国甚至整个中欧确实森林比较多，一
直到现在。但这又跟集中营有什么关系？其实我觉得当时建集中营
的人更像在大自然里挖洞的肉食动物，它抓住牺牲者后不会直接吃
掉，而会先把它拖进自己的洞里。离文明远一点，离人类远一点。

可怕的是，在贝尔根-贝尔森这样被"吃掉"的牺牲者具体有
多少一直到现在都没人知道。据研究，大概5万条无辜生命在那个
离人类如此遥远的地方结束了。

而周围的树木，看起来跟别的森林一模一样，一点其他痕迹也
没有。

到达纪念馆之后，将车停在停车场。有一堵墙，墙中间有个大门，大门旁写着"贝尔根–贝尔森纪念地"。奇怪的是，墙本身虽然高大威武，但它两边都是留空的。人可以从大门进，也可以从墙的左右绕过。我想它的意思应该是，这里不再有墙阻止人出去。

穿过墙便到了真正的纪念馆。

虽然小时候来过，但我却什么也不记得了。还是我其实没来过？几乎所有的德国学生都会在学校的组织下去参观一次集中营纪念馆，一般就去离学校最近的那一个。我记得自己去过两个，一次是在低年级，我什么都不记得了，还有一次是高中快毕业的时候去魏玛附近的布痕瓦尔德（Buchenwald）纪念馆。

可能是因为自己当时太小，还不懂事，所以第一次去的时候没有留下任何印象。但还有一种可能性，就是或许集中营里面看到的东西实在是太令人难受，尤其是小孩子很容易压抑这种印象。况且，贝尔根–贝尔森没有留下任何当时的建筑。纪念馆是新建的，还有几座纪念碑和一大片空地。英军1945年解放集中营后把当时的建筑物一把火烧掉了。

"解放"是一个多么好听的词。其实，对于很多受害者来说，虽然他们活到了集中营解放的日子，但之前纳粹对他们的暴行已经决定了他们的厄运。饥饿到连食物都无法消化了的地步，英军军医也无计可施。就在贝尔根–贝尔森解放后几个星期内，营内每天的死亡人数依旧上千。最终，能救的被救活，不能救的被埋在地里，英军用火焰喷射器把集中营的所有建筑给烧了个干净。

他们的做法,我觉得很好理解。但从现在的角度去看,还是尽量留下完整的集中营比较好,作为证据,给当代人参考。

即使没了原建筑,新建的纪念馆里还是有很多那时候留下的东西:照片、视频、衣服、工具、文件、私人日记。

有安妮·弗兰克可爱的照片以及她父亲战后接受采访的视频。整个家只有他一个人活了下来,所有的家人都在纳粹手下遇难了。更难想象的是,安妮和她姐姐进入贝尔根-贝尔森的时候就她们俩。爸爸妈妈早已不在身边,被送去了别的集中营。姐妹俩的具体死因一直未明,或许是斑疹伤寒,或许是饥饿。总之她们死了,就在这个离我家不到100公里的地方。

纪念馆里有个小电影院,门外有警告:此内容不适合14岁以下的孩子观看。影院里播放的是记录英军处理堆叠成山的尸体的视频。起初,英军为了惩罚党卫军官,还让他们将尸体一个个抬到坑里,但后来因为尸体实在太多,只能自己用推土机像铲雪车铲雪一样推进坑里。嗯,确实不适合14岁以下的孩子观看。我想起了小安妮,15岁的她此时早已不在世上。

这就是这个纪念馆的特点:它不仅会提供数据,告诉人们死了多少人,而且会把注意力放到每一个个体上。安妮·弗兰克不仅是一个数字和一个代表,也是一个脑海中充满梦想的小女孩,热爱生活,直到她被纳粹弄死的时候。

　　这样注重个体的纪念馆才是真正在宣扬反纳粹主义。纳粹杀的
不仅是人，更是人的个性。把受害者先转化成没有个性的文件，从
一个区间挪到另一个区间，也就是把人从一个集中营移到另一个集
中营。人死的时候盖个章：死了，完事了。

　　集中营纪念馆当然无法还原所有受害者的个性。馆内的参考物
虽然多，但也没有那么多，而且外面的纪念碑一共也就几十座，给
几万个受害者立的。但即使如此，纪念馆还是尽量让我们这些过来
看的人明白，在这个地方遇难的不是数据，不是文件，而是人。

　　出来的时候我的情绪沉重。作为德国人，我知道纳粹德国的暴
行，但日常生活中我不会经常去想那些很具体的事。"那时候的德国
基本上是一座地狱。"我会说。但贝尔根−贝尔森纪念馆让我重新
明白这句话的意义。

　　有一些德国人认为，德国学校里谈希特勒谈得有点多，我们关
注纳粹关注得有点多。集中营纪念馆挺好的，但真的要逼所有的孩
子去看吗？在我看来，那些人没有明白纪念馆是给谁建的。

　　当然，某种意义上它确实是给受害者建的，尤其是犹太人。世
界上，尤其在以色列，估计有很多犹太人认为我们德国人在各个集
中营建纪念馆是对他们最基本的尊重。

　　但其实，集中营纪念馆也是建给我们自己的。战后的德国社会
是受害者少，施害者多。他们绝大部分没有被"清理"掉，也没有
受过应有的惩罚，就因为人数太多。他们自己不愿意说那些过去的

事：谁杀了谁？谁举报了谁？谁是追随者？谁是主犯？但社会主流很明确地排斥这类思想，而且还提供教育和纪念的场所。可能战后的大部分德国人只是硬着头皮往前走，从未回头看自己干了什么，可能很多人没有反思的精神和动力。但他们在现今的社会主流背景下最起码不敢宣传他们的主义了。

剩下的人，自个儿反思，让孩子去集中营纪念馆，不说自己到底做过什么，只说"当时就那样，没办法"。但他们希望孩子可以明白，祖辈犯过的错误不能再犯。悲剧，不能重演。

就这样，我们这片森林从食肉动物的洞变成了一个推广文明的地方。

战后德国的两条法律

　　1970年冬天，西德总理维利·勃兰特在波兰首都华沙跪下，表示为在纳粹德国侵略期间被杀害的死难者默哀。很多中国人看过记者拍下的当场的照片，而且对于很多中国人来说，"华沙之跪"足以代表二战后德国社会对自己历史负责任的态度。

　　这个想法过于简单化。勃兰特代表的不是整个德国，而是所谓的西德，就是联邦德国。社会主义东德对自己历史的态度很不一样，但它1990年后融入了联邦德国。所以，我在这篇文章中讲的"德国"是我长大的地方——联邦德国。

　　如果我们想了解战后德国对自己历史的态度以及它的变化的话，我们可以参考两条跟死亡有关的德国法律。第一条是宪法第102条：废除死刑。第二条是刑法第78条：谋杀认罪不消灭时效。

　　搞懂了这两条法律的社会背景，就等于明白了战后德国人对自己历史的态度。

　　先讲第102条吧：废除死刑。本人从原则上反对死刑。所以，我本以为联邦德国早在1949年就废除了死刑并且以为德国人废除死刑的理由就是战后的"和平主义"和"人道主义"。对此我还感到很满意。

　　但我错了。

废除死刑，其实是1948年极右派政客提出的想法。极右派那时候想避免法院判纳粹德国战犯死刑的可能。很多德国人也支持这个想法。

现在回头看时，我们愿意把战后的德国设想成一个"被解放"的社会，但其实它不是。当时的人们只不过觉得累。几年的"全面战争"加上几年被同盟国占领的辛苦让很多德国人认为自己也属于"受害者"。那时候最普遍的说法是，希特勒以及"纳粹帮"利用了无辜的百姓和无辜的军队。

废除死刑的要求由极右派提出后几乎受到了其他所有政党的接受与支持。原因很多，左派很多政客出于原则上的反对也同样支持废除死刑。但总体来说，联邦德国废除死刑的主要原因是战后的德国百姓不愿意让战犯被处死。

第78条——"谋杀认罪不消灭时效"呢？德国刑法本来规定谋杀罪为20年消灭时效。1960年，德国社会经历了近十年的快速经济发展，而且人们对纳粹时期罪行的态度已经发生了一些变化，德国法院开始认真检查并惩罚纳粹战犯。但理论上1965年后谋杀罪消灭时效了就再也无法起诉纳粹战犯，所以，从1960年到1979年，联邦议会通过几次交谈一步一步做出了废除谋杀罪消灭时效的法律规定。

这条法律的结果是，德国法院一直到现在依然在审查纳粹战犯。

前段时间看到一条新闻说三个曾在奥斯维辛集中营当过守卫的耄耋老头被捕。他们无论犯了什么罪都不会被判死刑，这是因为战后德国社会对纳粹战犯的"宽容"态度。但他们也不会被放过，法院一定会调查他们，如果证据足够的话，他们无论多老依然面对惩罚，这是因为现今的德国社会对纳粹的态度已经发生了变化。

德国那时候流行一个词叫vergangenheitsbewältigung，其意思是：向过去妥协。"华沙之跪"也只不过是这个词的一部分。

让我想吐的电影

最近看的德国二战片《我们的父辈》（ *Unsere Mütter，unsere Väter* ）让我产生了强烈的反感。

本来觉得看烂片也没什么大不了的，比如2005年刚到中国时就看了《无极》，当时不知道是自己语言水平太低了还是片子本身太混乱，反正后来幸好在好心人的推荐下看了《一个馒头引发的血案》才让我心里舒服了些。

不过，每次看这种电影只会让我产生想吐槽的欲望，从未引起过我如此严重的不爽。《我们的父辈》怎会使我如此厌恶呢？

这是一部总长约五小时的德国国产片，分为三集。该片拍摄主要由德国电视二台（ZDF）出资，2013年初在电视上三晚连播时几乎所有德国媒体都做宣传，收视率相当高。故事情节描写五名来自柏林的年轻好友（其中一名是犹太人）在二战最后三年中在东线战场的各种经历。

我看第一个镜头就开始受不了了：四个德国年轻人在1941年跟一个犹太朋友跳摇摆舞？可能是片名的问题吧，我本来以为《我们的父辈》是要给我们看几个比较有代表性的二战青年，结果他们好像其实都跟犹太人是朋友？个人认为此场景安排在1931年还比较合适，那时的德国人虽然不少也有反犹倾向，但还没有被纳粹煽动得那么厉害。别忘了希特勒的"一体化"1933年就开始了，1941年的德国年轻人已经接受了至少八年种族主义教育！

接下来的内容也是如此。《我们的父辈》中的角色，那一代人的代表人物，貌似都很无辜。他们要么不懂事，要么其实心里偷偷反对纳粹思想。只是战争本身很糟糕，他们天天面对的敌人以及背后的纳粹领导人让他们犯罪。说到敌人，这部片子给我们看的苏联部队非常暴力，波兰人自发组织的游击队其实也非常反犹。虽然当时确实有这类现象存在，但我很纳闷的是，导演为什么非要突出"敌人"的不足？我想，他或许想给我们看一个比较"全面"的东线战场吧。那既然如此，为什么五个小时的片子里连一个集中营都没有？

二战结束后的头十几年，德国社会对纳粹时期有一个比较流行的说法：绝大多数德国人包括国防军都是无辜的，他们只不过是被希特勒以及所谓的"纳粹帮"利用了而已。就这样，当时的德国人可以安慰自己说，我们跟别人一样犯了一些小错误，战争时谁都不干净，咱们还是别说什么大屠杀的问题，那些都是"纳粹帮"干的事。

还好这个说法后来被历史学家以及政客澄清证伪了。德国社会自从20世纪50年代末以来也慢慢开始面对自己的过去。在我看来，《我们的父辈》描述的那一代人中确实有很多无辜的人，甚至反纳粹的德国人都有。但纳粹时期德国人的一大部分是热爱希特勒的，是支持纳粹思想的，是讲种族主义的，是反犹的。

《我们的父辈》让我厌恶的原因在于，它让我担心德国社会又要挖出那个以前流行的说法：本来正跟犹太朋友跳摇摆舞的德国人不知不觉打了一次仗，结果不经意间搞了一次大屠杀，把犹太朋友给杀了。

就是这种破借口让我觉得——想吐。

chapter 6 我眼中的中国

，

伪君子你们买表了吗

哎，女人

堵毒都——2014，
Time to Now!

黄金周

令人失望的《论中国》

……

伪君子你们买表了吗？

今天打开微博，1000多个转发，大多数是骂人的声音。咋回事啊？

转发的是我前一段时间发的微博，就是那条评论上海真功夫非要用说上海话的人的。

我当时说："那个啥，某位上海人进自己家附近的餐馆，用上海话点餐说不通，结果很生气，就不肯用普通话点餐，认为餐厅服务员身在上海就应该懂上海话。我作为德国人觉得那位上海人挺莫名其妙的。点餐还上纲上线你不累吗？更别说如果换我们德国的话，上纲上线也好，但你也只能要求别人会说标准德语而已。方言？没戏。"（http：//weibo.com/2097331385/zsFWdqSAc）

哥还是觉得上面的话说得没错。

那么今天的转发量是咋回事？好像有一名外国朋友莫名其妙地找到了我上面那条微博，并发表评论："我也是一个外国人，但是我很不同意你的话，上海话很有意思，是这个地区的一个特色，我非常愿意学和说，我们作为外来人更是要尊重，你不懂没有关系，但是你不要忘记了你在哪里。想让上海话在公共场合消失？我也告诉你，没戏。我会积极学习和说上海话的。"（http：//weibo.com/2961729142/ztAI7iawR）

　　后来有不少人转发点赞成，其中很多好玩的声音：什么德国没有方言，所以你不懂啊，什么别装×啊，德国人脑残啊，什么你是纳粹啊，什么你是white trash啊，等等等等。

　　好吧。你们都很优秀，因为你们都很上海。哥没有查你们的ID，反正你们都很上海。

　　大家还记不记得我当时发完上面那条微博的下一条微博是什么？

　　给你看哦："睡觉之前让我再为上海说一句吧：在我看来，正儿八经的上海人其实很低调。他们热爱自己的文化，但不喜欢show off（炫耀），也没有什么特别的优越感。反而是一些乡下人搬到了上海之后一下就变骄傲了，认为自己非常上海，所以瞧不起人家外地人，也就是说，他们瞧不起自己原来的老乡。这是我一个小老外的看法。"（http：//weibo.com/2097331385/zsG9U5QeI）

　　证明完毕。还真是一群外地人跟着一个外国友人表示为上海骄傲。

　　我还想问那些人：亲们，你们买表了吗？

　　因为哥刚好去年买了一块。

哎，女人

有点尴尬。我不仅是男人，是外国男人，我还是一个在微博上自称"小流氓"的外国男人。你让我写"中国女人"，有点尴尬。

硬着头皮写吧，以我自己的"小流氓"角度去写吧。

我第一个接触的中国女人应该是一位十多年前在法兰克福遇到的小姑娘。当年20多岁的我从早到晚就会想到"妞"，对世界各地女人充满好奇心和兴趣。那时候，我明白了一个道理：德国女人喜欢逗她笑的男人。

那位小姑娘说自己是百分之百的中国人，但是由于在德国长大就不会讲中文了。我看她的性格也很德国化。虽然当时一点也不了解中国，但是我知道，那个小姑娘我应该把她当德国人看，如果要追她的话，就要逗她笑。

我那时候的想法和现在似乎一样：一个人的真正身份不能以长相而定。

又过了几年，我进入慕尼黑大学汉学系了。我当时还是不了解中国，周围几乎也没有什么中国人，我只不过是一个德国大学生，天天坐在教学楼里背单词。偶尔会有一些师兄从中国留学回来，跟我分享一些他们的经验。他们告诉我：当一个中国美女对你很热情的时候，你就要小心了，她可能别有用心！我当时的想法就是，嗯，中国人比较穷吧，那些女人找外国男人如果是为了钱的话，那也不能怪她们吧。

我是到了北京才发现自己错了。

德国师兄跟我说的那些寻找金钱的美女，我在中国待了三年一个也没有遇到过。很简单的道理：在当下中国，最有钱的人便是最懂得怎么去包养小妞的人，当然不是老外，而是中国人。老外甚至还会AA，显得小气。比如我，当时就是个留学生，租个小房子，上完课吃饺子吃麻辣烫，日子过得挺舒适的，但并不算豪华。

在中国待了一段时间，自然也会认识一些当地女人。我想，大部分这些感情，还真是停留在"友谊"的地步了，还有一些甚至停留在"好奇"了。

一开始，我没有觉得这一切跟国外有什么不同。只是有一次我跟一个法国华人朋友在北京散步，走了几分钟，她突然用法语跟我说："你注意一下别人怎么看我们！"

我这才发现，情况确实有些诡异。路边的人会先看我一眼，然后用一种带着质疑的眼神去盯着她看。我说："这又咋回事啊？"

她说："那些人看我不顺眼。他们觉得我跟你走在一起的原因是你是老外，你有钱。"

我当时就傻了。我们俩不都是老外吗？而且你在银行上班，比我有钱多了！

她用很无奈的眼神看着我说："你这个傻瓜，这些他们怎么看得出来啊？"

说完她笑了。

我想，有时候社会对一些形象的看法跟不上这些形象本身的变化。所以，本来准确的看法就变成了偏见。德国师兄的警告，路边的人充满质疑的眼神，已经不符合当下的形象。我那时候上纲上线，便开始思考：中国女人和我到底什么关系？当然，真感情跟国籍一点关系都没有，但是如果只是一种"友谊"或者一种"好奇"的话，应该还是有些关系吧。不说长相，长相没有什么可聊的，自己心目中的帅哥就是帅哥，美女就是美女，不管别人怎么说。

我觉得好奇心应该算是一种因素吧。好像是荀子讲的理：大家都想要自己没有的东西。你跟我不同，我觉得你有趣。反过来也是。不过，对于中国女人来说，更重要的原因应该是：老外不属于她的圈子。即使你只是想找一个伙伴解解闷，外国人也判断不出来，就算判断出来了也应该不会告诉你周围的人。在这种人潮人海压力又大的社会中，老外是孤岛。他陪你玩一段时间，但是最终，他肯定还是走人了，井然有序。当然，感情往往没有那么简单，本来说好的事情也容易变得复杂，结果令双方掉眼泪。

最后的原因，就是中国男人聪明，外国男人笨。我是看了三毛的书才明白这个道理的。在《撒哈拉的故事》中，三毛描述自己给荷西做饭。荷西因为是老外所以不知道三毛做的是什么菜，三毛就

忽悠他说，粉丝煮鸡汤其实叫作"春雨"。呆呆的荷西保持一知半
解，三毛写道："以后他常吃'春雨'，到现在不知道是什么东西做
的。有时想想荷西很笨，所以心里有点悲伤。"其实，三毛这句话
很幽默，她并不郁闷。因为这正是呆呆的啥都不懂的外国男朋友荷
西逗她笑的原因，她经常"笑得躺在地上"。

而恰恰在这一点上，中国女人和德国女人完全一样。

堵毒都——2014，Time to Now!

　　我是老外，所以我有时候会觉得一些莫名其妙的中文词儿很好玩。比如"都督"。《三国演义》里的周瑜不就是都督吗？记得我第一次看到这个词的时候还真笑出声来了。想起了一堆胖乎乎的小脸，甜滋滋味道的饼干——"鬼脸嘟嘟"。都督，嘟嘟，太好玩了！

　　可见，德国人对幽默的要求不是很高，或者说，最起码我这个德国人的笑点比较低。

　　这几年在北京听到的"dudu"音不再跟周瑜或鬼脸饼干有关。最近主要有两个词儿，第一个是"堵都"，第二个是"毒都"。两个指的都是北京，堵车的都市，毒雾的都市。

　　找不到笑点了。

　　北京的空气确实不好。堵都喷出去的废气让它变成了毒都。不过，过去的空气就比现在好很多吗？我很好奇100年前到北京的外国人怎么看，于是翻了一些他们当时的游记，发现还真有一些人抱怨北京的空气差：冬天烧煤，春天刮沙尘暴，夏天各种臭味，秋天倒还好。那是100年前。后来新中国人口飞速增长，再加上各种政治运动对大自然的破坏，北京的空气就变得更糟。再然后就是这几十年的经济发展。到处都是空调，车越来越多。堵都变成了毒都。

当我在2005年第一次到达北京时，我已经发觉空气有点——怎么说，特殊吧。在德国登机时还是蓝天，飞机突破了一层一层让人什么都看不见的白云，然后又是万米之高的蓝天，一直从德国到北京。飞机下降时跟在德国差不多，也突破白云，只是色调怎么有点偏灰黄呢？飞机突然震动，咔！落地了！往外面看，我们依然在灰黄的云层里面。原来此云非云，这是雾！

要在北京生活的话，要懂得一些道理：透气时不要随便开窗户，开空调比较干净。健身时不要在外面跑步，室内运动比较安全。洗澡不要早上洗，晚上洗才能睡好觉。还有，当发现有蓝天的时候，一定要出去享受一下，千万不能错过！

其实我挺喜欢北京。有哥们儿，有全球出名的美食文化，有古老文物，有很多跟我家乡很不一样的人和事，我觉得相当有趣。空气不好，对于我来说不是什么大不了的事，因为我反正不准备在那儿待多久，更别说在那儿养孩子。

但有一点我一直很不明白：为什么北京人不闹？

我家的自然环境现在还可以，但过去也不是一直这么好。作为20世纪80年代初西德的孩子，我记得自己小时候也会到处乱扔垃圾，路上的车也很少有催化转换器。而且那时候我们德国人挚爱的父亲河莱茵河（Vater Rhein）被污染得如此严重，以至老百姓会拿它开各种玩笑，比如：

——鱼在莱茵河里做什么？

——学化学。

哈哈。

——你在莱茵河里钓鱼干啥，你难道不知道河里的鱼不能吃吗？

——我没在钓鱼啊，在水里洗照片呢！

哈哈哈。

好吧，又能见到德国人的笑点。

德语有一个词儿专门形容这种玩笑，它叫"Galgenhumor"（刑场幽默），就是说死囚已经没有出路了，只好在刑场上开玩笑。也可以说是一种黑色幽默。历史上较出名的例子是英国16世纪初的政治家托马斯·莫尔（Thomas More）因叛国罪准备被斩首时特意要求刽子手放过自己的胡子，说："我的胡子又没有叛国嘛！"

对于空气的问题，北京人玩"刑场幽默"最近也不少。刑场虽不分国籍，但情况还是有点不太一样。西德是20世纪五六十年代经济发展后出现了一些严重的污染问题，因此自从70年代以来便出现了很多环保组织，其中最有影响力的估计是专攻环保的绿党。

也就是说，德国老百姓不仅仅是"关注"环保问题，他们还有"行动"——人们聚集组织起来，要求法律、制度上的改善。因为遭到破坏的自然环境不是"自然"就能好起来的。

　　德国社会民主党政客，诺贝尔和平奖获得者，从1969年到
1974年任西德总理的维利·勃兰特说过一句话："我提醒大家，不
要相信市场自身就能够调节控制自然环境——这恰恰是公共责任
的一个范例。"（Ich warne davor, zu glauben, daβder Markt
die Umwelt alleine in den Griff bekommt–dies ist geradezu ein
Paradebeispiel füröffentliche Verantwortung.）

　　他的意思是说，环保其实是政府的责任。正因如此，央视前段
时间跟着北京人一起玩黑色幽默让人觉得很别扭：刑场幽默难道突
然换刽子手来玩了？

　　我感觉北京人最近似乎睡醒了。我很欣赏这一点，因为我觉得
这说明北京人成熟了。如果管你的政府连最基本的生活需求都无法
满足你（如新鲜空气、自来水），那你就应该寻求公正正义。

　　话又说回来，北京政府做了很多好事，比如把一些工业迁至城
外，以及修多条地铁并将票价定为两元，鼓励更多人使用公共交
通。这些都是好事，但还不够好。

　　北京开车的人实在太多了。一方面原因是公共交通还没有发达
到处处能及，还有一方面原因是很多人这辈子第一次有自己的车，
所以非要自己开车，无论有多不方便。他们懂不懂如何开车是另外
一码事：你在北京坐出租车时跟司机随便聊聊私家车，便会发现不
光是我这个老外瞧不起那些非要"出来嘚瑟一下"的暴发户。最后
一方面的原因是，在北京开车还不够麻烦。德国人口密度跟中国东

部差不多，车也相当多，但是城市居民多数不开车。为什么呢？因为油价高，而且城里停车位不仅难找，还收费巨高。北京就不一样，政府对老百姓在交通方面向来都太温柔。

虽然只有政府才能管制污染，但污染不是政府搞出来的。你我他要求油价更低，你我他天天开空调，你我他非要开自己的车，哪怕一个人的时候——这些都是空气质量下降的一些重要原因。当然不能忽略我们外国公司，比如我们德国的汽车公司，对于我们来说中国要么是"世界工厂"，要么是"世界市场"。我们也很少管你们的自然环境，只要我们能赚钱就可以了。

所以，这个"刑场"是大家一起建立的。怎么办呢？

作为北京人，你先发展经济，等你有了车有了房、孩子上学了以后，你才发现周围的自然环境其实也是很有价值的，新鲜空气不该成为奢侈品。此时的你，迈入了"后现代时代"。

所有的一切就靠你这种人。你可以告诉自己，不用坚持开自家的车，也可以坐公交。你可以要求政府让城里的停车场更贵。你还可以要求将垃圾分类处理。

而且，你可以明白一个很重要的道理：跟你的同胞相比，你作为北京人其实活在蜜罐里，你不知道吗？不信你去山西的煤矿区看看，你的"毒都"对于他们来说简直是一种"香城"，因为他们那儿是挖煤的，到处都是煤尘。

所以，该睡醒的不仅是北京人，而且应该是全中国人。中国的
经济发展非常棒，全世界很佩服。但中国人早晚也要开始为自己的
自然环境争取合理的出口。

2014，time to now！

黄金周

哎，我讨厌的黄金周又要到了。路上是人，车上是人，宾馆住满了，机票不打折了，旅游景点人山人海，我讨厌这段时期，觉得它只适合待在家里什么都不干。话说"黄金周"的说法来自日语。不知道日本黄金周是不是跟中国黄金周一样糟糕。如果是的话，那我还真不知道大家是怎么想的。亚洲特色？黄金周的"黄金"指的是老百姓要拿黄金买机票吗？好的不学……

我觉得我要给大家道歉。因为我批评得那么难听，其实我根本没资格骂黄金周。我人在德国，根本不受黄金周影响，不应该骂。

也不是说德国没有类似的高峰假期，比如我们有圣诞节，还有五旬节。但是这两个比较短的假期其实更像中国的春节，是传统节日，主要目的是回家看亲人而不是出去玩。我们德国很多人同时去旅游的时期也有，每年夏天七八月份，因为那时候的天气比较好，而且学生放假。当然，如果一对父母想要度假的话应该会带上自己的孩子吧，所以只能等学校放假了向老板请假才可以出去玩。就是出于这个原因，为了避免德国全体人民同时出去旅游，德国每个州的学校放假时间是不同的，比如可以让巴伐利亚州早一点，黑森州晚一点，或者相反也行。

我觉得员工需要的不是黄金周，而是自己放假。如果法律规定保证给每个员工一年三四个星期假期，大家就可以自己跟老板谈具体什么时候请假。老板不愿意给的话，要么找工会处理，要么打官司。这样的话，每个人理论上会有自己"黄金周"的机会，我觉得会更好。

有人认为黄金周的设置缘于"十一"国庆节必须放假的说法，其实，国庆节确实应该放假，我们德国国庆节是10月3日，放一天假就可以了。

记得以前我在中国上学的时候，每次到了黄金周都尽量不往外走。有一次非要去参加哥们儿的婚礼也没办法，只好坐火车去南边。哎呀，中国人口多还真不是开玩笑的！当我想到那些可爱的面孔被挤压在车上，当我想到那些被塞满的公路（曾经不是黄金周时期不收路费吗，貌似鼓励大家让高速公路更堵？），当我想到那些可怜的被人海淹没的文物，我感到很无奈。中国人多，所以必须让他们全部在同一个星期放假？Sometimes naive（有时候天真）吧。

好吧，不骂了。这次黄金周还是要好好过，所以我这个讨厌的老外不说批评的话了。说点度假的事吧！

我觉得很多人（包括我自己）度假之前不会好好考虑自己到底想要什么。不要忘了，身体累和精神累是两码事。就好比你当蓝领，天天劳动身体疲劳，那么在这种情况下你需要的度假方式跟你当白领天天坐办公室是不一样的。身体疲劳的话，去一个安静的地

方比较好，比如海边、湖边或者山里，在那边好好放轻松，别跑太
远。我觉得身体疲劳的时候这种度假方式是最好的。

当然如果你的工作使你天天固定在电脑前不动，那么你需要的
不是休息而是多出去走走。别偷懒，让身体累一点，给自己精神找
些营养吧。

至于到底怎么"去走走"，那是另外一个问题。我个人喜欢徒
步。有人喜欢骑单车、搭车、开车、坐火车、坐飞机、坐船。旅行
的方式有很多，而且各有各的好处。

但是总有一个前提就是旅行的时候不能太贪心。

很多欧洲人对亚洲游客（我们一般分不清中韩日）的一种偏见
就是，亚洲人貌似全部爱参加那种类似于"五天七国游"的旅行
团。一辆大巴，里面50个亚洲人，去欧洲各个旅游景点都要摆个
pose（姿势）拍张照吃个特产，然后就走人了。感觉很忙很累，
好像全是为了满足自己的虚荣心。那些我们严重鄙视的亚洲人可能
大多数是为了自己可以说"我到过那里"，除此以外就没啥要求。
咦，不对，要求还是有的！亚洲游客要买奢侈品啊！

很多欧洲人对这种亚洲人的旅游方式有些不解。

不过怎么恰恰是那些欧洲人去中国之前会冒出来问我："雷克
你不是了解中国吗，我有两个星期的时间，北京、上海、西安、桂
林、阳朔、杭州、苏州、南京、丽江、大理都要去，香港、澳门也
是必须的，还要在福建喝茶，要在四川看熊猫，听说新疆很不错，

还有'世界屋脊'青海、西藏也要去！对了雷克，我这样是不是还
有时间去内蒙古大草原呢？"

　　嗯，报个团吧！对于这些欧洲游客我只能说：中国不是一个国
家，它是一个"洲"，也可以说是一个世界。你不要太贪心。目的
地安排少一点，时间不要全部花在路上，要好好享受那些你要去的
地方。如果一个中国人问你，两个星期的时间能否把欧洲跑完，你
会建议他怎么做呢？

　　另外呢，欧洲人在中国购买的不是奢侈品。

　　是山寨品。

令人失望的《论中国》

"失望"不是随便能产生的感受，它有个叫作"希望"的前提。没有过"希望"就不可能有"失望"。今年让我失望的书是亨利·基辛格先生2011年出版的《论中国》。

基辛格先生自从20世纪70年代初以来对中美两国关系的影响力很大，两边的国家领导人都跟他有过亲密合作，而且他貌似不"反华"，所以我希望自己可以在他的书中看到一些有意思的内幕和真相。而书又叫《论中国》，虽然这不是基辛格自己定下来的书名，但无论如何我对任何"论××"的书都会有一种比较高的期望。

但这本书根本不是关于"中国"。它顶多是关于中美关系，更准确地说，这本书是关于基辛格在历史中的地位。

书中的历史描写几乎没有什么大错。基辛格不会自己一个人写作，他是老政治家，查资料由助理负责。问题不在于事实，而在于基辛格对这些事实的说法。他犯了一个外国人看中国很容易犯的错误：他把中国神秘化了。看完基辛格写的书的读者会认为，中国领导任何决定都能用《孙子兵法》"三十六计"之类中的哲学思想去解释。就好像中国人根本就没有人类普遍拥有的"基本常识"和"缺乏基本常识"。我认为这种想法不仅幼稚，而且对中国人相当不尊重。

至于基辛格为什么要这样写呢，个人认为首先他不会中文，其次他写书的目的本来就是把自己的"对手"写得很厉害，这样他自己不也一样显得厉害吗？

回头来想，其实也不奇怪。

大家的无奈

那天，我在北京中关村听到了一个词：城管。

这不是我第一次听到它了。上微博的人几乎不可能不知道。

城管打人了。城管把人打伤了。城管把人打死了。

不过我一直不明白的是：城管到底是谁呢？

过去的人是看不到这些消息的。理由有两个：一、城管是中国
20世纪末以来社会越来越城市化之后才有的；二、这种消息主要是
靠网络流传的。过去的社会，首先没有城管，其次也没有网络。

现在不一样了。那天在中关村的时候，我发现到处都是智能手
机。它们被周围的人举起来，因为谁都想把城管的事给记录下来。
城管正在跟一位卖瓜的人发生冲突。他自己也在摄像，手中一个摄
像机，对着卖瓜的人说话。城管说，在这个地方不许做生意。

哪个地方？

我往前后左右的方向都看了一遍，我们所在的地方好像只不过
是一条人行道，右边是天桥，后面是购物中心，前面和左边是马
路。这个地方对于卖瓜的人来说基本上算完美，因为路过的人多，
空间也比较大一点。不过城管说，在这个地方不许做生意。

我往前挤一挤，仔细看到城管的面孔，他看起来快要退休了，
满脸皱纹，而且很疲劳的样子。卖瓜的人比他年轻一点，40岁左

右，看起来是大西北少数民族，面孔给我的感觉有点熟悉，让我想起那些过去在新疆的时光。

他手中有刀。

我又想：卖瓜的人，没有刀才怪，左手是哈密瓜，右手是刀。但如此长的一把刀，还是挺吓人的。

城管和卖瓜的人在对骂。这下我发现，卖瓜的人身边还有一个小朋友，估计是他儿子吧。小孩儿不吭声，一直盯着大人看。城管是北京口音，说话又快又难懂，卖瓜的人是新疆口音，普通话说得貌似有点不流利，而且每句话的调子都会往上跑，跟我这个老外说话的感觉有点像。围观的人越来越多。我旁边有一对男女青年。男的脸上充满好奇，他刚才小声说了一句"城管"被我听到了。他的女朋友怕惹麻烦。"哎呀走吧。"她说，然后很无奈地扯着男朋友的胳膊要他走。

城管依然在骂。卖瓜的人依然在举刀回骂。

我在想美国《时代周刊》上看到的一篇文章，题目为*Above the law*，意思就是"以言代法"。这篇文章的内容是城管现象，说"城管"这个词在当下中文里已经普遍代表"暴力"的意思了。

我在周围听到一些骂城管的声音。城管一直重复说，在这个地方不许做生意。卖瓜的人一直重复回答，他每天都在这个地方做生意，怎么突然就不行了？

最终，看到卖瓜的人实在不愿意走，城管就想了一个办法。他指着天桥说："你去那边做你的生意吧！"卖瓜的人继续抗议了一段时间，但最后还是配合，把他的木车推到天桥下接着做生意。这下，围观的人准备走了，城管很骄傲地站在中间。我过去问他："天桥那边可以，但这个地方不行，这是咋回事？" 城管的表情有点无奈，就好像我在挑逗他。

我接着说："你看嘛，这个地方空间比较大，木车不会挡住别人过路，但是天桥那边地方很小，自行车很多，又有小卖部，空间本来就很紧，你觉得他在那边卖瓜合理吗？"其实，我不应该这么问。要是在德国的话，如果他是警察，我绝对不会这样问。但我在国外就可以装傻，而且我对这个问题真的很好奇。他为什么让卖瓜的人把自己的车停在一个如此不方便的地方？

城管说："这个地方不许卖东西，这是规定！那个地方其实也不行，但我看他不肯走，只好让他搬到那边。没办法！"

我又问："他不肯走，你就没办法？"他笑着说："是啊，我又能怎么样啊！" 我想其实也对，人家有刀你只有摄像机，而且你就一个人，就算你制服上有城管的标志，你也确实没办法。这下我突然有个很幼稚的想法。我给他提建议说："你叫警察过来不就是了嘛！"

"警察？"城管说，"警察才不管这些呢。"

然后我就说了一句不符合事实的话。我说："我们德国没有城管这个概念。我们那儿，如果你违法，那就是警察管的事。"

我那时候真的以为德国没有城管之类的设置，其实有。德国不仅有Polizei，就是警察，也有Ordnungsamt，可以说是城管的意思。在德国，警察是属于州的，比如巴伐利亚州有自己的警察，下萨克森州也有自己的警察。而城管是属于县级和市级基层政权，也就是说，慕尼黑和纽伦堡的城管是不一样的。德国城管的义务就是维护基本治安，如果有小违背的话——比如说在街上摆摊需要先申请，如果不申请擅自摆摊是不允许的——警察不用管，城管先试试能不能处理。

但我作为德国人从来没有意识到，那些穿制服的人其实不是真正的警察，而只是城管而已。我也没有觉得他们说的话不用听从，就好像他们"没办法"的样子。因为首先，很多德国城管是可以带枪的。其次，德国城管就算不带枪，如果你不听从他的话，他就会叫警察过来。那时候，警察会帮城管"想办法"。

在我离开的时候，我从天桥下面走过，拍了一下卖瓜的人的肩膀，跟他说："不要生气。"他转过头来看，脸上充满无奈，说了一句"没办法"，就接着切他的瓜。

恰恰是这个"没办法"和这个无奈，跟那位城管是一模一样的。

Welcome to the Future——中国作为一个非移民国家的未来

前一段时间在微博有人推荐我看一个视频。那人说："雷克，你快来看看，这个老外太牛×了！"我就点开看了。视频是两个西方小孩儿，估计五六岁的样子，还是金头发蓝眼睛的那种，他们貌似在中国，跟保姆一起在外面玩。视频的亮点在于，他们讲的是标准普通话，还带着北京腔。我看了没啥感觉。这就叫"牛×"吗？在中国长大的小孩儿会说中文难道不是再正常不过的事？

看来中国人还是很难理解移民国家的人的心态。

都说莫言是第一个得诺贝尔文学奖的中国人。其实在我看来，1938年颁发给赛珍珠的诺贝尔文学奖也有半个是给中国的。因为赛珍珠虽然是在美国出生的西方人，但她是在中国长大的，而且她的大作《大地》也是关于中国的，以一个农民的角度描述清末和民国时期的中国。我不知道赛珍珠的中文水平如何，但是她说过，自己的写作风格受中国文学影响很大，尤其是四大名著。其实我想说的是，像赛珍珠那样的人早已经超越了"国籍"这个概念。

发现了没有，中国人在西方国家受到的待遇往往跟西方人在中国受到的待遇很不一样！比如德国人去中国的话，中国人一般对他很热情，很有好奇心。我们可以说这是因为儒家文化"有朋自远方来"什么的影响，但是实际上，主要的原因是外国人在中国还比较少。在北京、上海、广州、深圳那种比较国际化的城市，我们发现中国人已经习惯了外国人的存在，也渐渐失去了对他们的"特殊友好态度"。

反过来讲，我们德国人对外国人本来就不是很热情，也不是很有好奇心。你从中国到德国的话，可能会觉得德国人比较冷漠，甚至排外。我也不能否认这两者确实存在，也许有一些德国人确实有一种民族优越感。但其实主要原因是，德国本身有很多移民。

这样讲吧，长着西方人脸孔的我随便站在中国哪条马路边，无论怎样我都是外国人，大家一眼就能看出来。很多人会对我很好奇，因为我是异乡人。英语的"异乡人"是alien，而这个词其实也有"外星人"的意思。我在中国的时候经常觉得自己是个alien：本来只是异乡人，结果被大家当外星人看。

德国就不一样。你作为中国人在德国路边站着，其实没有人能确定你是外国人。因为德籍亚洲人本来就不少，而且很多是第二代或者第三代，也就是说，他们虽然面孔是亚洲的，但德国才是他们出生长大的地方，他们的生活方式和性格都已经跟德国人没啥区别了。他们跟那两个在微博视频里说中文的西方小孩儿一样，连地方话都会讲。面对这些人，我作为"西方面孔的德国人"也不会过于好奇或者过于热情，免得自己碰一鼻子灰，被人家说："看什么看呀你！"

　　最近20年，愿意长期待在中国的外国人越来越多，中国在某种意义上也慢慢变成了一种"移民国家"。我相信它会越来越开放，在中国长大的外国人会很多，中国人会习惯看到周围有很多跟自己不同的面孔。那时候，西方小孩儿会说中文的视频不会火了。说不定我们可以看到下一个"赛珍珠"的书。

蒸的炸的夏俊峰

全世界都喜欢阴谋论。

奥地利哲学家卡尔·波普尔给了阴谋论一个科学定义："此理论
称，对一种社会现象的阐释在于证明某些个人或群体对此现象的发
生有兴趣，并已暗中作祟促使其发生。他们的兴趣是隐蔽的，须被
揭露的。"

为什么说中国大陆如此喜欢呢？我看看能不能解释下。

我家里有一本画册，是一位十几岁的小朋友画的。这个小朋友
叫夏健强，他爸爸夏俊峰本来是摆摊卖烤肠的，但是因为几年前跟
城管发生矛盾的时候把两个城管给刺死而于2013年9月被处死。我
买小朋友的画册不仅是因为觉得他有才有创意，而且是因为出版社
答应将版税全部分给三个家庭，就是夏俊峰的家庭和两个被他杀死
的城管的家庭。我也在自己的微博上跟大家分享了这本画册。

然后阴谋论就开始了。

第一个阴谋论就是这本画册不是夏健强小朋友自己画的。说小
孩子不可能画成那样，而且作品的风格也太不均匀，几乎每幅画都
不一样，所以哪怕小朋友很有才，也不可能是他自己一个人画的。
说是书商包装的书，我们这些人上了他们的当。

Okay，其实我挺愿意承认自己在哪里上过当。

比如说中国的樱桃肉这个玩意儿，我德国佬本来以为跟我喜欢的一种水果有个什么关系。结果呢？

但是夏健强的画不是一回事。我可能要简单讲讲两个推理方法。一个是演绎推理（我知道所有人终究要死，所以亚里士多德这个人也要死），另外一个是归纳推理（我看过几只天鹅是白色的，所以所有的天鹅都是白色的）。问题在于演绎推理的前提就是我们要先知道一个真理（比如所有人终究要死），而这种真理实在是不多，所以更多人愿意玩归纳推理。我见过的孩子不能那样作画，所以没有一个孩子能那样做，所以夏健强的画不是他自己画的。夏健强变成了那只被人质疑不存在的黑天鹅。

当然我不能证明夏健强的画是他自己画的。阴谋论者觉得他的背后有人为某一个利益去策划。

你可以信也可以不信。

第二个阴谋论是说夏健强画册里的一部分画是临摹的，其实是台湾绘本作家"幾米"廖福彬的原创。这件事确实是真的。有图有真相，一边是健强的作品，另一边是幾米的作品，一看就知道确实是小孩儿把绘本作家的作品给抄下来的。而夏健强的母亲张晶已经为这件事公开向廖老师道了歉。这件事怎么能算阴谋论呢？看你的出发点。阴谋论者认为小孩儿的一部分画被证明抄袭意味着所有的画都有问题，而且是被策划好的。他们甚至认为第二个阴谋论和第一个阴谋论有必然的逻辑关系，就好像夏健强"背后"的人不光会找人代笔，而且会让代笔者抄袭著名作家廖福彬的作品。我倒觉得这纯粹是知识产权问题而已。无论在国内还是在国外，无论为了利润还是为了慈善，谁也不能侵犯别人的版权。张晶给廖老师道不道歉其实无所谓，这件事情完全是法律问题。廖老师如果要夏健强的出版商赔偿的话，他完全是对的，没有人有资格说要求他放弃自己的版权。我很好奇这件事将来会怎么发展。

第三个阴谋论是关于夏俊峰的照片。有人说很多媒体报道里配图用错了，照片上的人不是中年的夏俊峰，而是几年前被处死的年轻帅哥崔英杰，说是"为博同情"。我看照片的问题确实存在，确实是一部分媒体人错用了配图。这能说明什么？所有这些不同的媒体人都别有用心吗？我不知道。但是我知道的是，随着经济发展和网络发展，媒体的工作节奏也越来越快，往往是质量不如速度重要。但是这个图片事件还能说明另外一个问题，就是"透明度"的问题。在google.com.hk上搜"夏俊峰"得出的结果很莫名其妙，有他过去跟老婆和小孩儿在一起的照片，有崔英杰的照片，有妻子张晶哭泣的照片，甚至还有我举着夏健强的书的照片。但是夏俊峰的新照片几乎没有。中国很多法律案件都会有照片出来。犯人的照片、法庭里的照片、受害者的照片、犯罪现场的照片。我觉得我们不能要求太多，毕竟也要尊重法院工作人员隐私权和犯人隐私权。但是如果有关部门不给公众和媒体足够的资料的话，如果透明度太低的话，大家连犯人的脸都认不出来的话，那么在这种情况下，很多人愿意玩阴谋论也是可以理解的吧。

　　我在这篇文章的开头引用了奥地利哲学家卡尔·波普尔的话，但我没有跟大家说那句话来自波普尔的哪一本书。现在补充吧，那本书是波普尔在1945年完成的，书名叫《开放社会及其敌人》。

新天鹅堡，给中国人看吧

德国有个城堡叫作新天鹅堡（Neuschwanstein）。这个迪士尼式的城堡好像是外国游客必去的地方，尤其是亚洲游客。不过什么是"亚洲游客"呢？对于德国人来说，这是一个比较模糊的概念。

在我小时候，最典型的亚洲游客就是日本人：坐大巴，穿西装，爱自拍，和本地人无法交流。后来出来玩的中国人比较多，最典型的亚洲游客便变成了中国人：坐大巴，穿西装，爱自拍，和本地人无法交流。

当然，那些坐满穿西装的爱自拍的和本地人无法交流的中国人的大巴都要去新天鹅堡。貌似中国人讲的是"不到新天鹅堡非好游客"，其实就像我们德国游客在中国必到八达岭长城一样。

而且两个地方都一样没劲。

比如八达岭，20世纪初的老照片上的长城不是很完美，有点像遗址一样长着草，还是很有感觉的！现在人们把它修得跟新的一样，一点历史感都没有了，而且每次去的时候基本上是人山人海。还好长城那么长，还有别的可以去的路段！

新天鹅堡也是一样，人特别多，而且它本来就没有什么历史感。要知道这座城堡是19世纪末建的，怎么样也不算老，比如跟我现在住的房子比起来就老个三四十年而已。

可以想象，19世纪末的德国社会其实早已经进入了工业时代，完全没有必要去建任何城堡了。但是，巴伐利亚国当时有个国王叫路德维希二世，人家高个子（一米九三），不仅暗地里喜欢男性，而且是个浪漫主义者，主要热爱历史主义（Historismus）建筑风格。这是18世纪才有的一种风格，其特点是人们用现代技术和审美观去盖复古建筑，在此过程中将过去的不同风格先夸张再拼到一块，比如新天鹅堡有冲水马桶也有电话线，借用了罗马式的圆拱和哥特式细细的楼台。

回头看，历史主义的优点主要在于它让人们对自己的历史更加关注，但它的缺点在于它的建筑往往是一种可以说繁华也可以说臃肿的复古。

新天鹅堡是历史主义最典型的例子。路德维希从小迷恋欧洲中世纪文化，所以他盖了几座符合自己梦想的城堡，新天鹅堡是其中之一。为了建这座城堡，路德维希拆掉了山里的中世纪遗址，在它屹立在岩石上的浪漫位置修建了自己的梦想城堡。

他花的钱远远超过了本来的预算。后来有人骂他浪费巴伐利亚国的资金，但这不符合事实，路德维希花的只是自己的钱加上银行愿意给他的贷款。

最后，路德维希在1886年夏天不幸遇难，当时的城堡里只有几个房间完工。为了偿还他未还的贷款，巴伐利亚政府在国王去世几个月后就向游客开放城堡，收取门票。目前，它已经变成了全球迪士尼式浪漫主义的一种标志，而且也变成了德国最有名的旅游景点之一。

那么，这篇文章叫《新天鹅堡，给中国人看吧》，这是什么意思呢，难道中国人全是浪漫主义者？

其实我本来想说的是，新天鹅堡很符合当代中国地方政府的一种习惯。他们修那些类似于山西榆次的"老城"时，往往是先把旧的真正有价值的遗址全部拆掉，再在上面建一些比较庸俗的复古楼房给游客看。

跟新天鹅堡有什么区别？

在我写这篇文章的时候，我发现自己本来的想法不太对。路德维希跟中国地方政府的相同点在于，他也是先把遗址给拆掉了再去建自己想要的复古城堡。但无论他的新天鹅堡多么庸俗，这座城堡还是路德维希独有的创意，他使用了当时最先进的技术和最有价值的材料。新天鹅堡的价值根本不在于它的"复古"，恰恰在于路德维希的"创意"。

所以我认为这篇文章的题目依然合适。中国地方政府非要拆自己的遗址咱们就别说了，但请大家建设的过程当中要么复古到位，要么用自己的创意去创造一种全新的价值。

就像大俗的新天鹅堡。

给中国人看吧。

18个路人

今天我舅舅向我借书。我给了他一本关于中国的书。他没去过中国，不妨了解一下。该书是我的教授写的，叫作《101个关于中国的最主要问题》。舅舅拿起书，看到结束语，对其中一个问题纳闷不已："在中国，为什么一个两岁婴儿被汽车撞倒在地却没人去救助？"

他问我这是不是真的。

"是。"

"怎么可能？" 舅舅瞪大了眼。

因此我给他讲了2011年发生在广东的"小悦悦事件"。一个受重伤倒在地上的小孩，撞她的车主肇事逃逸，18个从旁经过的路人对她视而不见，第19个人才愿意救助。

我舅舅听完叹了口气，问我中国人的性格是不是比较冷漠，是否中国人不怎么在乎别人的感受？

我说，这也是中国人自己最近比较关注的问题。在中国，很多人认为，这几十年的经济发展让人们变得越来越自私。"缺乏道德"和"缺乏信仰"成了这个想法的口号，中国媒体也在不断宣传人们应互相爱护。似乎不少人觉得，"小悦悦事件"跟社会素质有关。

我认为这个说法不成立。

车主的行为自不用说，这种肇事逃逸的情况在世界各地都有发生，只能通过加强交通教育、运用法律手段管理。至于18个从孩子身边路过不救助的人，大概印证了"旁观者效应"：旁观者数量越多，他们当中任何一人进行援助的可能性越低。这18个人的确是一个一个从倒在地上的小孩身边走过，这是事实。但我们别忘了，周围好像还有几家小卖部和商店，那里的人采取了什么态度呢？从某种意义上说，这跟当场的"责任分散"有关。我说的这种"责任"不是法律上的责任，而是每个人潜意识中的责任。一个倒在地上的孩子首先是谁的责任呢？如果不考虑车主的违法行为以及孩子的家人对其的疏略的话，经过的路人对孩子的责任应该没有周围的店主大吧？经过的路人或许在想，店主都不管在他门前发生的事，难道要我管吗？

请别理解成我认为18个路人或店主做得对。我只是想尽量去理解他们为什么会这么做。

路人认为自己不用去管，店主也不管，那谁去管呢？我们来看看第19个人，就是最终救助小孩的人，她的身份在这个背景下很有意思：她是清洁工。作为扫街的她，所有在路面上的东西都属于她的责任。18个路人理论上可以选择性无视倒在地上的小孩，店主也可这么做，但对于清洁工来说，地上的东西要么是垃圾需要清扫，要么不是垃圾，她得看个究竟。

　　我这么说，很容易被理解成我觉得该清洁工并不是媒体所描述的"好心人"，但我不是这个意思。我无法了解那人心里到底怎么想的，所以我也就相信她是好心人。但我只是觉得，这出悲剧给她配上的"好人角色"从某种意义上说也是她的工作任务给她带来的。

　　当然，以上关于"旁观者效应"以及"责任分散"的想法也只能解释这件事的一方面。换作在其他国家的话，悲剧也会这样演下去吗？

　　我觉得得看地方吧。比如美国纽约2010年也发生过类似的事。一名叫作Hugo Alfredo Tale-Yax的无家可归男子在清晨五点多救下了一位被打劫的女性，自己被刀捅伤。接下来一个多小时中，20多个路人从他身边经过，却一个也不救助，连报警也不愿意。当消防人员赶到时，Hugo已身亡。

　　在我看来，这并不说明美国人的素质有问题。大城市环境本来就比较乱，而且美国很多地方允许随身带枪，所以人们在凌晨五六点的时候首先考虑到自身安全也不是完全不能理解的。但比这个重要的是，美国很多地方不存在《好撒玛利亚人法》。该法律有两个层面，其一是为自愿救助者免除责任，其二是规定公民有义务帮助身陷困境的人。第二层面往往包含了第一层面在内。

　　德国这两层的《好撒玛利亚人法》都有。只要在不伤及自身的情况下，人们必须施救，而且不用怕被救者起诉。

记得学救生时，老师说，人在水中淹没容易恐慌，而你作为救生员也要保护自己。如果你发现自己被他打或被卡脖子的话，就要用暴力去制服他。为此，老师还教了我们一些比较有效的方法。但他专门强调，在美国的话不能这样救助，因为假设你在救别人命的过程当中让他胳膊骨折的话，他很有可能起诉，让你赔钱!

所以从某种意义上说，小悦悦和Hugo这种事也跟法律不完善有一定关系。如果18个路人以及店主都知道被救者不会给自己带来麻烦的话，他们应该会比较愿意帮忙吧。如果他们知道不救助反而会给自己带来麻烦的话，我想他们就算不愿意也会帮忙吧。

当然，除了以上的法律方面还有一些跟文化有关的因素。

我后来重新看了一遍我的教授在《101个关于中国的最主要问题》中对"小悦悦事件"的分析。他说中国人一般不是很愿意救助这是事实，而且中国人早在他20世纪80年代第一次访华时就已经是这样子了。他认为这跟中国人自古以来的社会结构有关：中国人习惯被分成小组，每个组的每个成员都要为该组的其他成员负责，但该组以外的人他几乎不用管。所以，中国人对"民众"的意识其实并不是很强。

我看到这句话时突然想起了中国人爱说"人太多"的口头禅。

人太多，是不是除了"人口密度太高"外还有"情况复杂，管不着"的意思？鲁迅《药》里的看客不也是这样的吗？

我觉得教授的说法有几分道理。但在我看来，除此以外还有一种跟20世纪历史有关的因素。

中国人近几年对社会的失望跟两件事有关。第一就是媒体的发展。20世纪80年代初，小悦悦一类的事情可能不会被摄像头拍下来，不会被媒体报道。她的不幸或许会变成当地民间的一则故事，但不会像现在这样登上全国头条新闻。近几年来，随着互联网的发展，此类新闻的曝光率增高，人们对社会失望，甚至怀念"社会平安"的80年代。

第二呢，就是中国人在20世纪的多场社会运动中，尤其在所谓的"无产阶级文化大革命"中学会了保护自己。说难听点就是中国人自从那时候以来再也不信任其他中国人了。"人太多"便有了"坏人太多"的含义。在这种情况下，人们不愿意互相救助是很正常的事。我做任何事之前就必须问自己：我这么做，会不会给其他人一个欺负我的机会呢？

在这施害者与受害者不得不继续共同生存的社会，大家缺乏信任感，便拼命向前（钱）看，尽量保护自己圈子的人，无视自己圈子以外的人，我觉得很好理解。

但社会不应该这样。

人们因为"旁观者效应"不愿意救助是人类本性，这个可以用教育去改变。人们因为法律不完善而怕救助时给自己添麻烦，这可以通过提高法治效力来改变。每一个个体对于"民众"的责任感，也只有在法治社会才能得到真正的提升。那些过去的社会运动留下的问题，还要及时面对。说到底，世界各地的人纵使文化有异，但本性近似。

记得自己在北京电影学院上学时，曾在学校对面的小公园里看到两个身着校服的小姑娘。两人像是喝多了的样子，躺在一片草地上，有一群人围着她们看。一个小姑娘已经昏了过去，另外一个正试图把她叫醒。我看周围的人没一个有帮忙的意思，就上前去看看。确实喝多了，得送医院。最后我扯着还能走的那个，背着不省人事的那个，叫来一辆出租车，把她俩塞进后座，给司机些钱说："把她们送到医院吧，这些钱是路费和洗车费。"

我后来问自己，为什么我不陪她们到医院呢？

我觉得跟其他看客的眼神有关吧。在我背着小姑娘叫出租车时，我仿佛从周围人的眼神中看出他们的心思：生活不检点的老外把高中生灌醉了，看他怎么办吧！

从那时候起，我貌似能理解中国人怕给自己添麻烦的感触。

总而言之，对于"小悦悦事件"，我认为中国媒体的关注点不对。18个路人视而不见，不一定是他们作为社会个体的素质问题，更多的大概是社会条件尚不完备。小悦悦的命运是不幸的，但她的不幸若能引发中国人对社会法规、对个人责任感的反思，那她的不幸亦不全枉然。

愿她平安！

你在中国那么牛，你爸妈知道吗？

有一次跟我德国哥们儿去前门购物。我要买的是内联升拖鞋，他要的是一块奢侈品牌假表。我们到达前门时我哥们儿感叹："要不是你在的话，我就不会来这个地方。"

干吗不来啊？

他说自己认为前门是给游客看的，他对真实的中国比较感兴趣。我问他："哥们，你在北京两年却连半句汉语都不会，你不就是长期游客吗？而且在你看来，到底什么是'真实的中国'呢？"

这个问题太难为他了。

其实光从审美角度去看，我也没觉得前门的复古建筑很有意思，甚至觉得有点失败。但这就能说明前门不算"真实的中国"吗？中国的真实面目是每个来玩的外国人都要面对的问题。

你作为中国人可能不知道，在我们老外群之间往往有一种莫名其妙的"竞争感"。这个竞争的对象就是各位老外的汉语水平如何，各位对中国文化了解多少，各位知不知道哪些酒吧最近比较火，各位出去玩时会不会去那些还没被别的游客"污染"过的地方什么的。

就好像谁都想当中国通一样。不过，我们一般不会说"China expert"（中国通），更地道的说法是"China hand"（中国手），可能因为前者听起来太学术化，而后者带点冒险的感觉。而且如果你早在20世纪80年代已经到了中国的话，你甚至可以自称"Old China hand"（老中国手）了，多有面子啊！（大家可能没想过这要是被利玛窦听到了，恐怕他只会呵呵了。）

总之，这种"中国手"之间的竞争往往让人很不舒服。就连我自己也不例外，每当我遇到中文比我强的老外时，我都会有些放不开。但换作我学过的其他外语，比如英语，碰到比我强的人我却不会觉得不爽。中国为什么如此特殊呢？

我觉得这跟中国自古以来被"神秘化"有关。就从13世纪马可·波罗说起，他从亚洲回自己意大利的故乡时，当地人开玩笑叫他"百万富翁"，因为他好像没完没了地讲自己在遥远的东方曾经享受过的奢侈待遇。在某种意义上，马可·波罗可以算是天下第一"中国手"了，也同样可以算是天下第一在自己家混不下去的外国loser。

好几百年过去了，外国的书架充满"解读中国"之类的指南书籍。这本来也没什么不好的，多了解不同文化挺好的，但我为什么感觉很多人爱拿"真实的中国"吹牛呢？

就好比我在北京无数次碰到老外跟我说"他的"北京近几年怎么完全变味儿了！在他刚来的时候北京的自行车还多的是，多有中国味儿呀，现在到处都是车，完全没意思了，太可惜了，太可惜了……

我很想问他以下三个问题：

第一，你真的以为欧洲人发明的自行车很有"中国味儿"吗？

第二，你有没有想过，这些带"中国味儿"的中国人可能觉得开车比骑自行车更舒服一些呢？

第三，你这个"老中国手"那么牛，你爸妈知道吗？

"中国式过马路"不存在

最近中国媒体界到处在讨论"中国式过马路"。这个词儿指的是闯红灯、不顾车子横穿马路等各种在马路上不遵守规矩的行走方式。

我觉得这些都是扯谈。

首先，这哪里算得上"中国式"呢？很多别的国家也这样，这是基本常识。不知道某些人没完没了强调"中国式"矛盾是一种什么样的动机。他们没见过世面吗，还是他们自卑地以为只有中国人才会这样？还是他们鲁迅看多了非要给每个社会问题定一个跟中国本性有关的叫法呢？还是他们自我意识太强了，以为中国是整个宇宙的中心，无论什么事情只要发生地是中国的话就可以叫"中国式"了？按照这个逻辑，德国人在中国开的面包店，卖的就是"中国式面包"吧。

其次，"中国式过马路"的说法强调的点完全是错的。虽然在中国的马路上乱横穿的行人确实不少，但他们的这种做法根本不是交通问题的根源，而是交通问题的结果。

在我看来，交通法应该强调的是"保护弱者"。也就是说，拎着购物袋的步行老太太VS三轮车VS装满牛×人物的奥迪A8，这三个当中最应该受交通法保护的是老太太，因为她是最弱的，然后是三轮车，然后是奥迪A8。当然，老太太最好别在没有红绿灯或斑马线的地方过马路，她走得慢，容易变成交通障碍。

但是在中国，红绿灯和斑马线还真是开玩笑的。我问过一次交通警察："这条斑马线啥意思啊？"他说："你可以从这儿过马路啊！"我说："我可以吗？"

在德国，只要我站在斑马线边上，所有来往的车都必须停下来。不停就会被罚款，而且我们的警察不开玩笑，无论你的身份是什么，他们都会罚你。

红绿灯也是同样的道理。在德国，你作为行人在绿灯的情况下过马路的话，所有的车都必须停下来。在中国就不一样，就算我过马路的时候红绿灯是绿的，但拐弯的车主依然一脸自以为是的表情把车从我面前开过去。

我还好，我是年轻人。但是如果那位拎着购物袋的老太太是你家人的话，你作为牛×车主会有什么样的感受呢？

不过这也不是车主的错，而是政府失策了。政府保护弱者的意识不够强，所以他们制定的交通法不够完善。更别说驾照对于某些人来说太容易拿到，而且交警的地位不够高，很多情况下见到有权势的人违反交规就不敢罚款了。

想解决行人乱横穿马路的问题吗？你给行人一个安全的过马路方式，他们大多数人就会采用这个方法去过马路。这才是问题的最终解决方式。

　　中国政府现在试图依靠媒体去让百姓谈论一种"中国式过马路"现象的行为，对此，心旷神怡从斑马线过马路的德国人恐怕只能呵呵了。

chapter 7 来自德国人的吐槽

行人靠左行

所谓的"素质"

怀旧

狂人

2.9种语言

马马虎虎万岁！

······

行人靠左行

大多数中国人习惯靠马路的右边走，这种习惯是错的。我一会儿会告诉你为什么它是错的，我要先说到我的一位朋友。

我的这位朋友在德国待过一段时间，很了解我们的国家，而且聪明有想法。我欣赏他的主要原因是他是个思想开放的人。我经常跟他聊到一些所谓的"敏感话题"，倒不是我想故意以此说事，而是我对他的看法和评价感兴趣。

有一次聊到媒体，他说德国人和中国人对媒体的不同看法在于，中国人一般不大相信中国媒体，德国人则很相信德国媒体。他问我是否觉得德国媒体都很靠谱，我说当然不是，每一家媒体都有自己的政治倾向，有些偏左，有些偏右，还有些过于商业化，容易受各大企业财团操控。我并不认为德国媒体的报道全是真的，但也不认为全是假的，它们中的大多数不过是进行选择性报道，符合其论点的数据会被采用，与其相悖的便被忽略。

朋友说他觉得很多德国人不会这么想。他们讲话的时候往往会说："这件事情就是这样子的，我在××报上看到过。"

朋友认为这样很可笑。

他说得不假，这个问题我后来又思考了很久：为避免上当而保持怀疑的态度算不算一种自我保护？我的感觉是，中国人的自我保护意识在很多方面确实比较强，相比之下，德国人则比较言听计从。

但这是为什么呢？是德意志的"民族性格"使然吗？

我觉得这里面多少有一定的社会原因。德国当代社会的主流文化应该来说是以西德文化为准的。自从20世纪50年代以来，西德一直相对稳定安全，经济发展稳步向前，各项社会福利也趋近完善，基本没有太大的社会矛盾，人们逐渐习惯了这种和睦的社会氛围，也慢慢丧失了质疑这个社会中存在的事物发展的原始动力。而在中国却不一样：经历了新中国成立后各种运动的人们都免不了产生一种自我保护意识，经历过改革开放后各种变化的后一代人也同样如此。

德国人并非没有自我保护意识，但跟中国人不同的是，我们的自我保护意识大多数不是自己学来的，而是政府教授的。比如说大多数德国人坐车时确实会乖乖系好安全带。我们未必个个都明白安全带的原理，但德国的孩子们从小被教育如此，行人靠左走的习惯也是一样。靠左走逻辑很简单：德国和中国一样，都是靠右行车。当马路边没有人行道时，德国警察、老师和家长都会告诉小朋友，必须靠马路的左边走。因为如果你靠右边走的话，你跟那些离你最近的车辆同向而行，车从你后面开过来，你看不到它们，你的生命安全完全掌握在汽车司机手中。司机是否在打电话，是否喝了酒，是否在打瞌睡，你不得而知。与此相反，如果你靠左走的话，离你最近的车辆都是向你驶来的车，你看得见它们，紧急情况下或许还来得及避让。

　　说了那么多，我想说的不只是德国人要学着对媒体持有怀疑态度，中国人要学着靠马路左边行走而已。无论是被教授的，还是在社会生活中逐步形成的，某些我们自己坚信不疑的观点不免会受到旁人追问。无论是德国人还是中国人，思维的盒子被拉开一个小口后，便都会勇于跳出来说："啊，确实如此！"

所谓的"素质"

　　"素质"这个中文词语，是我在北京的时候学到的。当时我有
一个跟我年纪差不多的哥们儿，他是中原人，暗地里喜欢上了一个
自己老家的女孩，只可惜一直被人家拒绝。某一天跟他和另外一个
女孩去打台球。那个女孩是南方的，个子矮矮的，长得漂亮，性格
活泼，很令人喜欢。我跟哥们儿说让他追这位小妹妹不就好了，还
比他本来喜欢的那个妞好看。哥们儿说不要。问他是否觉得这位小
姑娘不好看，他说不是，是素质问题。这位小姑娘素质不高。

　　素质……不高?

　　我不懂，哥们儿一脸无奈。"quality嘛！"他说。

　　描述人类还有"质量"的说法吗? 我还是不懂。

　　最后凭他的解释和翻词典我大概明白了：素质，那是中国人的
一个比较特殊的概念，有身体素质、心理素质和文化素质，有素质
教育以及德智体美劳的说法。总之，素质大概指的是一个人的基因
给他留下的智商和性格，还有父母给他留下的教养和道德观，总之
是这个人在别人眼里的平素质量，这个人的quality。

　　我后来经常听说素质这个词，而且大多数情况下都是拿来批评
其他人的。随地吐痰，素质不高；插队，素质不高；乱开车，素
质不高。人们有时候觉得"素质不高"还不够狠就直接说"没素

质"，那可能已经算是一种骂人的话。

我觉得素质这个说法很有意思，因为对于我来说，性格和教养要分开看。就是说，某一个人可能受到过高等教育，也特别讲礼貌，但是出于性格方面的原因其道德观还是有问题，比如会骗人什么的，这种人的素质用中文怎么判定？我从来没弄清楚。

还有一点就是我老觉得大家说素质往往是一种给自己的行为找借口的方式。比如坐车时问车主为什么不能礼让其他车，得到的回复经常是："这些人没素质。"意思很明确：车主素质没有问题，只是由于其他人素质低，所以自己必须跟他们一样。我就会想，是不是别的车主都跟你一样，素质高高的，大家从来不礼让的行为只不过是大家一起培养起来的一种习惯呢？

有的时候听中国人说"外国人素质高"，每次都感觉别扭。其实我觉得这顶多也只不过是中国人的一种客套话吧，但有一些客套话不符合常规，说出来了反而会令人尴尬。

就好比我自己刚到中国的时候也开始随地吐痰。我那时候不会想太多。在德国一般不会乱吐痰，不是素质高不高的问题，而是大家没有那个习惯，我随地吐痰的话会感觉怪怪的，甚至丢脸。那么，当我刚到中国的时候，我也开始随地吐痰，其原因是什么呢？

其实没有什么好原因。我所谓的"素质"可能就是被社会逼出来的而已。当时有一个中国女孩来找我。她发现我随地吐痰的时候很生气，就问我："雷克你在你们国家也会这样做吗？"

　　这个问题，我想都不用想。我摇摇头，同时感觉到自己脸
红了。

　　有时候小姑娘跟狼一样，尝到鲜血的时候就不愿意饶你的命。

　　"能给我解释一下你在德国不愿意做的事情，一到中国你就愿
意做，这是为什么吗，雷克？"她问我。她当然知道我无法回答这
个问题。

　　我"素质低"吗？我觉得有可能，但我觉得这一点不是最重
要的。

　　我们怎么排队、开车，给不给女士开门的这些行为其实大多数
只不过是受周围的环境影响。大家怎么做，我们怎么做。我在北京
忘记自己的家庭教养乱吐痰或者插队，这些行为可以怪在我个人的
素质上。我也希望我可以在非理想的情况下坚持我所认为的比较良
好的习惯，但是人类总有失败的时候，这也是再正常不过的事。

　　那么，如果你身边有一个狠狠的小姑娘来提醒你的话，那你幸
运了，你可能还有改善的希望！不然的话，全靠你自己。

　　总之，咱们别老谈别人的素质如何如何，管好自己的行为
就好。

怀旧

人类的记忆有一个特点，它很喜欢欺骗主人。它会让过去的事情变得很美好，让我们怀旧。

第一次在自己身上发现这个道理是2003年的事，那时候我第一次出去徒步，用三个多星期从法国巴黎走回我的德国家乡。800多公里，住不起宾馆也没钱买帐篷的我，只能每天晚上在外面找个地方露营，休息不好也没法洗澡，渴了向当地人要自来水，饿了进超市买一些罐装的东西吃，最难受的是脚上一直起泡。最后，我好不容易走到自己的家门口，洗了个热水澡，吃了一大堆东西，睡了一觉，第二天早上睡醒时——就把所有的痛苦忘光了！从那时候以来，刻在我回忆里的只有那些金黄的日出和粉色的日落，还有那种完全自由的感觉，想去哪儿就去哪儿，这段记忆成为青春最美的一朵花。

当然，这些不符合事情真相，只不过是我把自己的回忆装修成了天堂。

说到天堂，我不是很了解佛教，只是出于个人兴趣看了一些关于佛教思想的资料。如果我的理解没错的话，佛教叫我们不要追求已过去的事，也不要迷失在未来中。意思大概是，只有眼下的东西才是比较真实的，只有这些值得我们去关注。

　　问题在于，我一方面觉得这个说法很有道理，另一方面又对它相当反感。我才不愿意放弃那些美好的不符合真实的回忆呢！我就觉得以前好。

　　"现在不如以前"——这个说法也不是什么新鲜的事。西方有记载的最早的诗人荷马在《伊利亚特》里也描述过当时的老战士对年轻人的失望。那是差不多三千年前的故事，看来有一些事情永远不会改变。比如人类会怀旧。

　　可能跟自然道理有关吧。据说女人生孩子的过程属于世界上最痛苦的事。我想，如果人类不具备"欺骗主人"的回忆的话，女人可能会生了第一个娃娃之后再也不愿意怀孕了。所以，"选择性回忆"说不定对人类有好处。我们怀念那些曾经给我们带来痛苦和快乐的时光，我们可以对未来有希望。

　　话虽这么说，但是盲目的怀旧是很危险的事情。比如现在还有一部分东德人怀念他们以前的生活。他们当然有资格这么想，而且说不定有一些人过去在东德确实活得比现在要好。但是那些怀旧的东德人也应该问自己，他们怀念的是那时候的社会，那时候的制度，还是那时候自己的青春？

　　我认为，很多东德人其实想念的是自己当时的梦想。那时候的他们，在心目中有一个"完美"的西德的概念。他们没办法去西德，所以他们也不知道西德人确实过得比他们好，但是离"完美"差得很远很远。那些人自从东西德统一了之后，对现实当中的"西方"严重失望了。所以他们怀念自己当时的希望和自己当时比较简单的生活方式，所以他们怀旧。

我依稀记得，90多岁的前西德总理赫尔穆特·施密特前不久接受采访时说过一段很有意思的话。他坐在轮椅上，一边吸烟一边慢慢地回答问题。

"您生活中最美好的回忆是什么时候？"记者问他。

"1942年，"施密特说，"那年第二次世界大战，我当兵休假，跟老婆一起住在一个小屋子里，条件很差而且战争很可怕，但那短短几个月应该是我生活中最美好的时间。"

这就是怀旧。怀旧，其实是一个愿望。这个愿望就是，我们想回到过去，再次经历那些事，过那些日子。但这一次，没有曾经的那些忧虑，因为我们已经知道，反正一切都会过去，我们会来到现在。

狂人

　　最近不是很爱看电影了，反而更喜欢看电视剧，主要是美剧。
感觉好莱坞电影缺乏胆量，制片人想让所有观众都喜欢，拍动作
片时塞个爱情故事进去，拍喜剧片时再塞个"他们永远幸福地生
活在一起"的结尾进去，搞得相当没劲。中国电影的主要问题冯
小刚以及别的老师已经讨论过。德国电影既缺钱又以为自己很有
"深度"。

　　但大部分电视剧就不一样，我觉得主要是美剧很有看头。有取
笑宅男的《生活大爆炸》（*The Big Bang Theory*），有取笑大富翁的
《发展受阻》（*Arrested Development*），甚至还有取笑好莱坞电影界
的《狂欢派对》（*Party Down*）。还有比这些喜剧更好看的，比如
经典连续剧《罗马》（*Rome*），介绍脏乎乎的丰富多彩的古罗马，
比如《黑道家族》（*The Sopranos*）让你对黑社会老大产生好感，比
如《神盾局特工》（*Agents of S.H.I.E.L.D.*）让你理解舍正从邪的警
察，比如《绝命毒师》（*Breaking Bad*）给你看一个普普通通的人学
坏的过程，还有最有水平的《火线》（*The Wire*），一部描写当代美
国都市生活的现实主义作品。

　　以上电视剧我都强烈推荐。当然还是那句话，萝卜白菜，各有
所爱，但我们最起码可以肯定这些电视剧质量比较高，而且剧本愿

意给故事情节和角色性格提供足够的发展空间。

说了那么多，好像我是广播电视报一样，但其实我真正想聊的是近几年比较火的《广告狂人》（*Mad Men*）。这部电视剧讲的是20世纪60年代纽约的广告公司状况，还有一些员工的家庭八卦。故事情节不是很令人振奋的那种，几乎没有什么暴力，也没有多少色情或粗话，只不过是在20世纪60年代中那些普通人的普通生活。既然这样，那么为什么这部电视剧能如此火呢？

很多观众认为就是拍得好。无论是摄影、演技、美术还是背景音乐，这部电视剧都让人觉得非常有质感，很多欧美媒体描述它时都用了同一个形容词：stylish（大方，有型）。我们作为观众可以从一个很美的角度去看那个50年前的美国都市社会，包括它的所有细节。

我不是很喜欢stylish这个词，但我觉得20世纪60年代的生活确实有很多值得现代人关注的细节。《广告狂人》在某种意义上跟一面镜子一样。我们看到主人公上班时喝威士忌和在电梯里吸烟，我们看到他以及他的同事在生活中表现出的大男子主义，他们对属于别的种族的人的鄙视态度，这些行为给我们21世纪的观众留下了很矛盾的印象。一方面我们觉得陌生，因为现在的社会主流已经不会那样做了。但另一方面我们又觉得熟悉，因为那些事情过去并不是很久。

给我留下印象最深刻的一个镜头是主人公带老婆以及两个小孩

出去玩。他们开车去某一个公园，从车里拿出来垫子、餐具和各种
吃的，四个人在绿绿的自然环境中吃野餐。没想到他们吃完离开的
时候，直接把垃圾留在地上，上车走了。

　　现在还有谁会那样做呢？

　　社会的公共意识一直在变化当中。以前觉得经济发展第一，自
然环境不重要，现在发现了这样不行，不能让新鲜的空气和干净的
水变成奢侈品。以前认为烟民的自由就是想在哪里抽烟就能在哪里
抽烟，现在发现非烟民的自由应该是：不想呼吸别人的二手烟就可
以不必呼吸别人的二手烟。以前觉得女人不如男人，这个社会群体
不如那个社会群体，现在发生了一些变化。目前，德国总理是个女
的。我们对环保的法律变严格了，而且我们在很多地方禁止吸烟。

　　我们已经走了很长很长的一段路。我们依然在走。

2.9种语言

很多中国人会问我：中文咋学的？会几种语言呢？

我的回答：学习任何语言都是通过努力和兴趣。我会2.9种语言。

先说说这个"点九"是怎么来的。这是德国朋友李露和我一起想到的一种算法。那时候我们在北京上大学，往往会遇到"几种语言"这个话题。有个在德国长大的中德混血朋友自称"中英德三种语言都通"，结果被我们发现其实连德语都说得不算很好。

就好比电视上的模特大赛，经常能看到某些二十出头的小姑娘说自己会五六种语言，我真想知道她们到底"会"几种。

我们那时候的结论是：混血朋友会1.6种语言。0.9种德语，0.5种英语，还有0.2种汉语。跟"三种语言"还是有本质上的区别吧？

我呢，会1.0种德语，0.8种英语，0.6种汉语，0.4种法语，还有0.1种俄语。加起来是2.9种语言。我觉得这么说总比"我会五种语言"靠谱一些。

而且语言究竟是什么？不就是交流工具吗？

前段时间跟加拿大人Mark Rowswell（马克·罗斯韦尔）发邮件。相信中国人都知道他是谁，中文名叫大山。我跟很多外国人一样，刚来中国的时候特别讨厌大山！他怎么无处不在呢？貌似到处

都是他的笑脸，而且太二了！我当时想了一大堆理由为什么要讨厌
他，结果最后我还是不得不承认了：我嫉妒他而已。人家大山汉语
那么好，让我一个小老外怎么活啊？

自从我面对自己的感受以后，我慢慢开始欣赏他了。

那么，跟大山交流时我应该用哪一种语言呢？他英汉两种语言
说得都很地道，算两个1.0。但我就不一样，我英语0.8，汉语0.6，
所以还是用英语比较方便。

因为语言的主要目标就是交流。

至于我中文怎么学的这个问题，我是先在慕尼黑大学汉学系里
背了两年单词。一周20个小时王老师的中文课，另外还上几个小
时德国人教的孔孟课，说实话挺让人头大！而且我那时候口语不太
好，感觉自己说汉语跟说鸟语一样。有时候我家人会逗我玩，让我
说两句汉语，我每次都会觉得尴尬死了，脸红摇头，只希望他们换
个话题！

在慕尼黑学了两年汉学就到北京电影学院做交换生，结果很快
就发现跟一群外国人坐在课堂里练"口语"很没劲。外面不是有那
么多土生土长的中国人吗，怎么不去找他们聊呢？

我同学貌似也意识到了这个问题，所以他们开始在自己聊天的
时候也用汉语。我那次跟两个德国同学在食堂里吃饭，对他们用汉
语互相问"你饿吗？""好吃吗？"相当无语。

我那时候决定少跟同胞待在一起，多花点时间出去玩，多跟当

地人交流。我希望的是，当我问别人"饿了吗？"的时候，我是对他以及他的回答有兴趣，而不是我只想练口语而已。

逃课，旅游，交朋友，谈恋爱。

要努力，要有兴趣，要大胆找那些当地人聊天，但也不要勉强！如果对方的英语或者德语说得比我汉语好的话，我从来不会跟他讲汉语。比如我跟法国人朱力安就用汉语沟通。我的法语不好，他貌似又懒得说英语，所以汉语就变成了我一个德国人和他一个法国人的通用语。

我很佩服大山和朱力安这样的外国人。他们的汉语说得那么好！但我不喜欢《汉语桥》那种节目，搞得好像讲汉语就跟"参加比赛"一样，有意思吗？咱们别老互相比较，别老纠结语言水平！

语言不是给你拿来显摆的，而是让你感受到另外一种思考方式，还有另外一种美感。学过中文的人几乎都知道李白的文字其实无法翻成外语。

我会告诉你卡夫卡的文字也只能用德文欣赏吗？

别的，都是"floating clouds"（浮云）。

马马虎虎万岁！

我喜欢"马马虎虎"这个词儿。对于一个学中文的老外来说，叠字词是很让人开心的事。你老外先学会了"马"字，再学会了"虎"字，把两种动物拼在一起就有了"马虎"，而且意思变了！"马虎"再也不是动物，它是形容词，意思大概是"做事不认真"。这已经很神奇了，但还没完！把两个"马"和两个"虎"拼在一起，也是"做事不认真"的意思，但只是"稍微有点不认真"而已。而且这个"马马虎虎"其实更像是人的一种"不太在乎"的心态。

有时候，这种心态还是挺不错的。

不过，不是很多德国人都觉得做事百分之百认真才好？

嗯，认真本身也没什么错，但过于认真容易出现问题。

我第一次打工时13岁，是我妈帮我介绍的。她认为小孩子不能光上学，也要"懂得金钱实实在在的价值"，所以必须打工。当时是一家商店让我帮他们发广告册，一周一次，每次总共918册，要跑很久才能把它们全部都发出去。我妈当时教育我说："你工作时要认真，无论什么样的工作都要认真。那是一种美德！"

后来我在很多不同的地方打过工，每次都很认真。有五金店、旅社、唱片店、餐厅、酒吧，还有一家博物馆。那家博物馆就是法国巴黎的卢浮宫，我在那儿当保安。穿西装的我要站在卢浮宫广场，就是金字塔旁边或里面，给游客指路，帮他们找比较方便的入口，让他们过安检，回答他们的各种问题。这些我做得都还挺好的，反正难度也不算很高。但我还有另外一种任务——老板让保安阻止小贩在广场上卖东西。有非洲人在那儿卖纪念品和小玩具，还有亚洲人卖矿泉水。

我想好好完成任务，所以我尽量把他们全赶走。问题在于，广场有几个大门，人可以从四个方向进入。我把一个小贩从北门赶出去之后，第二个和第三个小贩从南门进来。我跑过去把他们赶走之后，第一个小贩又从东门进来。我不耐烦地跟他说："我不是告诉过你不要再进来了吗，你咋不理人呢？"他只是笑而不语。我越来越生气，他不尊重我的工作就是不尊重我这个人！

第二天早上，一个年龄比我大的同事决定带我走两步。我们停在广场西边的栅栏边，他指着小贩给我看，并跟小贩打招呼，感觉像同事一样。他说："你看！他在这儿干了20多年，每个月挣点钱回家帮助家人。而且你知道吗，有一部分游客确实愿意买他的东西！你呢，准备在这个地方待多久，几个月还是几年？"

工作认真的确是一种美德，但有时候，人们会"认真"到将自己作为一个人的自尊全部建立在这份工作上，"认真"到了非要"较真"、一比高低的程度，反而容易忽略工作本身的实质所在。

从那时候以来，我管那些小贩的态度变了：我变得马马虎虎

了，也就自然友好多了。早上打个招呼，有空聊个天，若发现他们
全挤在一个地方影响游客就过去让他们稍微分散一些，他们一般都
会听，因为他们知道我终于明白了卢浮宫广场上的游戏规则。而
卢浮宫广场上的这种"小贩与保安的平衡"也并没有招来游客的
不满。

　　工作认真到底到什么程度是个好，我妈当时没有教我。

津巴布韦公主

好几年前我在酒吧里碰到过公主。其实，她好像不是正儿八经的公主，但她长得相当漂亮，身材苗条而且面目精致，身上穿着长连衣裙，就像我心目中的公主。而且还是个黑公主。

我不善于在酒吧里泡妞。可能是我多虑吧，总觉得压力太大了，怎么聊都尴尬而且不自然，就好像大家都是"有目的"地聊天。所以我一般去酒吧就是为了跳舞或者跟朋友聊天。

但那时看到如此美丽的"公主"时，我感觉我不能让自己错过认识她的机会，必须抖擞精神，最起码也得过去跟她打个招呼。等她身边没别人的时候我就微笑着看她，被她发现了之后过去跟她说话。

"哈喽。"我说。我希望自己的微笑可以掩饰我的尴尬。

"哈喽。"她也笑了，估计一下就看破我了。

她比从远处看还要漂亮，皮肤跟巧克力一样，牙齿很齐很白，而且眼睛里闪着幽默感。

她貌似在等我接着说话。

我其实最想跟她说：你，就是公主！别跟我说你不是公主，你就是！我不管你是哪里人，不管你爸妈做什么，你就是公主，因为你长得就像公主！

"你是哪里人呢？"我问她。

"津巴布韦人。"

津巴布韦啊？我从未去过非洲。从媒体报道上来看，那儿很多
地方都很不安全，不是内战就是混战，不是混战就是"圣战"。各
种独裁者和各种19世纪殖民者留下的问题。还有疟疾、艾滋病。

"哦，"我说，"我是德国人。"

"德国呀，"她很热情地说，"我在那儿有朋友啊！"

"真的吗，太好了！"我也想起一件跟她的祖国有关的事。
"穆——加——贝！"我很高兴地说，"津巴布韦就是那个有穆加贝
的地方，不是吗？"

"嗯。"

发现自己是对的，我很得意。

"穆加贝认为自己是非洲版的希特勒，对吗？"我接着说。

她什么也没说。

怎么感觉气氛变了。我让她不舒服吗？

我突然不知道说什么好了。

"原来你是津巴布韦人啊。"我点着头说。

她看我一眼，便从包里拿出手机来，说："不好意思哦，我要打
个电话！"

摆一摆手，公主就走人了。

其实我也不喜欢外国人一发现我是德国人就跟我讲那些无聊的

希特勒啊，坦克啊，德国不是也有别的吗？

那天晚上回到家后，我看了一个多小时维基百科。津巴布韦确实是穆加贝说了算的那个国家，而且他确实说过自己就像希特勒。但除此以外，津巴布韦还有很多别的有意思的事。

它有属于世界遗产的大津巴布韦国古迹，还有庞大的莫西奥图尼亚瀑布（"响雷之烟"的意思，西方人一般叫作"维多利亚瀑布"）。津巴布韦有大量钻石和白金，有很多不同的民俗传统和地方语言。它的国家象征是一只"津巴布韦鸟"，就是在大津巴布韦里出土的一个雕像（类似于唐朝的奔马像）。那儿的人好像很爱吃玉米面，而且他们最喜欢的运动跟很多别的国家一样，就是足球。虽然从政治、人权、经济和卫生的层面来说，津巴布韦确实表现不佳，但是老百姓好像也没有放弃过，还建立了一个叫作"争取民主变革运动"的政党。

知道了这么一点关于津巴布韦的常识，我当然不觉得自己了解了它，毕竟我去都没去过。

但最起码万一下次再遇到津巴布韦公主，我不会像上次那样露馅儿，让她一下就知道我是井底之蛙。

肢体语言

上北京电影学院时有个当地同学热爱美国文化，尤其是美国黑人文化。我俩一般用英语交流，首先因为我当时不太会说汉语，其次因为他如此爱美国文化。我们互相称呼dude（老兄）。

"Whassup，dude？"我在校园里碰到他时向他打招呼。

"Dude，whassup！"他笑着回答。

身着某美国篮球队运动衫的他和刚到中国的我都很得意。

问题出现在我第一次跟他去中关村的时候。他貌似看过很多美国电影，因此从屏幕上学会了一点美国黑人的肢体语言。四肢到处飞很宽广的那种肢体语言。这本来没什么问题。假设我是一个热爱中国古代文化的人的话，也许我也会到处弄点"鞠躬"或"作揖"什么的。Dude就是这样，而且平时我们是隔着食堂饭桌聊天，他的肢体语言再怎么样也不会让我不舒服。

在公交站等车时就不一样了，他站在我面前特别近的距离，不断对着我的脸大声说话，用手在空中挥来挥去。我想，我是不是得罪他了？不然他干吗那么生气？我往回退两步。看他表情依然友好，而且他说的话都是关于我们要坐的公交车的时间表之类的。很明显他根本没有生我的气。不过问题在于，我往回退了两步，他立即向前追了两步。就这样，他又站在我面前几乎几厘米的距离大声

跟我说话。我从眼角看到他的左手右手在空中飞过。我想，还好他
不戴手套，不然他肯定会把它扔下提出挑战，还有，幸好我比他高
一点，不然他往我脸上喷的口水会比现在还要多！

车来了。

"Dude，our bus！"（老兄，我们的车）他高兴地说，把我
推到车上。北京的公交车，人们在里边拥挤得根本动不了。我朋
友突然正常起来了。他依然站在我面前说话，距离依然那么近，但
他的声音貌似没有刚才大，而且他的胳膊被周围的人挡住，飞不起
来了。

我突然明白了。

每一种文化的肢体语言都不一样。每种文化对人跟人之间的距
离的定义不同。

经历过这次恍然大悟之后我经常会想，是不是我的肢体语言也
会让别人不舒服？我作为德国人在美、法、中三个国家待过，这肯
定改变了我自己的肢体语言和对距离的习惯。

美国人说话时占用的空间比较大，各种比手画脚在他们那儿很
正常，因为人跟人之间的距离比较远。法国人呢，最明显的特点就
是那个让德国人感到尴尬的吻面礼（la bise），就是见面时互相在
脸的左右边亲亲的习惯。在中国文化中，人跟人之间的距离要稍微
近一点。德国人呢，我唯一能想出来的特点是我们普遍认为握手时
用力表示尊重和"靠谱"。

　　我的dude朋友好像是用中国人习惯的距离感去模仿电视上美国
黑人的肢体语言，当然会让我一个德国人误会。我想了很久要不要
告诉他不能再这样做了，不然万一什么时候碰到脾气烂的美国人的
话，可能要做好随时打架的心理准备。

　　不过后来我想，如果他碰到习惯于吻面礼的法国家伙的话，还
是会挺逗的。

想法与设备

近年来，虽然世界上还有很多民主度比较低的国家存在，但由于网络不断普及和高科技不断发展，生活中很多方面越来越"民主"。摄影也不例外。

不少专业摄影师，尤其是年纪比较大的人，抱怨自己的工作越来越不好做了。摄影，本来是一个技术水准要求比较高的行业。摄影爱好者张三就算买了相机，买了镜头，买了胶卷，光从设备上来说他也永远比不上专业摄影师李四，更别说技术了。张三作为爱好者没有学过专业技术，而且他洗照片只能要么在家里凑合，要么花点钱让公司帮他洗。李四呢，他的生活来源就依靠这个行业，他应该学过摄影技术，而且他洗照片的任务要么由自己暗房负责，要么通过助理或伙伴协助完成。

用胶卷拍摄的话，一张照片的费用几元钱。对于一般的非专业人士来说，不是你想拍多少就可以拍多少的。

当然这些并不说明过去的摄影爱好者达到的水平不高。也有不少业余摄影者拍出了很棒的照片，但他们为此要跨过的门槛相对来说就高很多。

现在不一样了。

当然，专业摄影师的器材依然比爱好者牛一些，如果fashion或

fine art（艺术）的话甚至牛很多，但"数码革命"让爱好者赶上了一大步。胶卷？再也不需要了。暗房？由家里电脑负责，甚至笔记本都可以。一张多少钱？如果相机和镜头买好了的话，拍一张照片几乎不需要花钱，直接在电脑上就可以欣赏并做后期。

从技术方面来说，拍数码比拍胶片要简单太多了。记得自己刚学摄影的时候，连往相机里塞胶卷都不容易，而且每张照片还不知道有没有拍成功，只能拍完一卷胶片回家洗洗再看。

结果经常失败。

现在不一样了。成功玩摄影的门槛在经济条件和技术含量方面变低了许多，张三如果想拍一张好看的照片不需要学习太久，不需要太贵的器材，只要买一般的相机、一般的镜头，对电脑操作稍微有点了解就可以了。

有时候上德国摄影论坛看看人们对某镜头或相机的评价，往往感到吃惊。比如某品牌的爱好者认为别的牌子的相机"简直是个垃圾""完全不能用"一类的言论很多。保持那种想法的人可能不知道一个一流的摄影师无论用哪个品牌的相机都能拍出精彩作品，而那些在那儿浪费口水的"器材高手"其实不如多出去走走。

因为一张照片的好坏不完全依靠技术方面的因素。更重要的其实是摄影师的个性和被拍摄的对象有什么特点。

比如拍某地方的风景的话，年纪比较大的当地摄影师往往是最好的。前段时间在意大利比萨遇到的摄影师F跟我讲他在自己家附近寻找合适拍摄地点的过程。他可不是路过时觉得好看就抓拍啊！
他会注意一年四季的各种天气和植物的变化。当他找到了一个好的
角度的时候，他会经常回去看看情况，在他认为所有的因素都比较
理想的时候才拍出他想要的摄影大作。

当然，他的器材不赖，但他依靠的其实是他对整片地方的了解
和自己的吃苦能力。

我当时没有问他对"数码革命"以及越来越强的业余摄影师有
什么感想，但我认为他可能不会觉得自己作为风景摄影高手受到了
影响。因为就算摄影变简单了，就算器材和技术不像过去那么重要
了，别人也还是不容易拍出他能拍出的照片。

其实最吃亏的应该是新闻摄影师，就好比在慕尼黑啤酒节打工
的"合影摄影师"。他们以前的生意很不错，因为一般去啤酒节的
人都是一群一起去的，而且没有人愿意带上相机。合影师出现，拍
一张几位酒兄的合影，每人给几元钱，生意好做。不难想象，自从
智能手机出现以后，啤酒节的合影生意越来越不赚钱。每个人随身
带可以拍合影的"相机"，给别人钱干什么？

新闻摄影师就是这个道理。就算依然有一些地方别人去不了，
比如议会或白宫，但在世界上很多发生新闻的一般街道和广场都是
恰好路过的人先拍的照片，而不是事后赶来的新闻摄影师。

所以，很多摄影师表示对爱好者给他们带来的"竞争"感到无
奈和担忧。

我可以理解。你好不容易学会了一种技术，还买了各种比较贵的器材，结果你面对的竞争对手不仅是别的专业摄影师，甚至几乎是所有人，你当然觉得不爽。

但其实这也只不过是一种"民主化"。19世纪，英国人Talbot（塔尔博特）和法国人Daguerre（达盖尔）发明摄影这种东西时，也还有很多靠画人像和风景生活的画家存在。不知道他们有没有感叹"按快门"的技术含量不如画画高。

我反正想说的是，摄影本身就是种让更多人能够记录人像和风景的方法，从某个角度去看是对画画的一种"民主化"。

少依靠技术与设备一点，多依靠大师与小师的各种个性和想法一点。

猪的开心

我在甘肃徒步时发现一头猪。其实它算不上一"头"，只不过是一"只"小小的黑猪。它住在我隔壁，在一个农村房子旁边的小棚子里。我很喜欢那只猪。它举止很友善，每次我去看它的时候它都会主动过来让我跟它玩。我很喜欢边按住它的鼻子边发出喇叭音，小黑猪只要站稳就可以，它每次都乖乖配合，我感觉好开心。

只有两次气氛变得尴尬。第一次是我去找它时它正在拉屎，左右扭头表示不好意思。第二次是主人农民告诉我，那只猪是"春节的猪"。

纯洁的猪？

对啊，我说，那只小黑猪确实太纯洁了，拉屎都不好意思被人看到！

农民摇头。春节的猪，就是过年时将要被自己主人吃掉的那只猪。

啊？！那么可爱的小猪，你们就准备把它杀掉了？在城里长大的大多数孩子应该没听到过杀猪的声音。那种声音很让人心酸。

我瞬间郁闷了。

我蹲在小黑猪的棚子边，它站在我面前抬起猪头看着我，我轻轻按住它的鼻子，发出一声喇叭音。

我说，小黑猪，这些人看不出你有多可爱啊，他们准备对不起你！我多么想把你带走，按着你的喇叭鼻子走回我的家！

小黑猪表示听不明白。它发出一小声呼噜就转身而去，好像棚子的角落里有一种比我有意思的怪味比较值得去闻一闻。

我心里感叹世界的不公平，然后感觉肚子饿了，就去村庄小餐馆点了一盘回锅肉。

你可能觉得我矫情吧，我同意。我妹妹后来骂我。她是学兽医的，在农场和屠宰场实习过。她说，我那只小黑猪朋友是一只相对来说非常幸福的猪！

妹妹说，过去的人很少吃肉。中世纪欧洲只有贵族能经常吃到肉，他们有钱，而且他们允许打猎。平民就不一样，如果自家有头牛或几只鸡的话就肯定舍不得吃，野生动物又不许碰，所以中世纪欧洲人如果不想吃素就只能吃鱼肉。

现在21世纪了，大家天天要吃肉却不愿意花钱。每家超市都有卖，几乎每家餐馆的菜单满是荤食，人们差不多忘了盘子里的东西曾经是活蹦乱跳的动物。说到活蹦乱跳，其实也不太对。妹妹说肉价越低，动物的生活条件越差。大农场的猪棚很小，动物根本无法动。我那只甘肃小黑猪棚子很大，而且隔壁还有一匹马和一头驴做伙伴，偶尔来了个外国贵宾，很幸福啊！

我说，按你这么说，咱是否最好当素食主义者算了。妹妹说那也不至于。肉可以吃，但要少吃一点。而且最主要的是，不要光按照价钱买肉，最好要知道该块肉的生产地如何，农场和屠宰场的工作做得怎么样，动物的生活条件又如何。

妹妹说，哥你没看过猪的开心吧！

猪的开心？

妹妹叹了一口气说，你想象一群大农场的猪，从来没在室外待过，从来没亲眼见过太阳。为了去屠宰场，实习生就要把那群猪从室内弄出来，让它们上卡车。但由于栅栏坏掉了，而且猪不愿意上车，所以结果就是整个一群猪逃跑了，一头一头在农场院子里跑来跑去，甚至还有猪蹦跳着因开心死掉！

我妹妹说，她那天看到的那些猪的开心，是一种让人心碎的开心。

新媒体很可怜

我有时觉得新媒体的命运很可怜。在说新媒体为什么可怜之前，还得先说说新媒体到底是什么。

英语中的"媒体"叫media，它是medium的复数形式，本身是个拉丁语词，最早源于古希腊语的méson。méson这个词的历史相当悠久，比山东人孟子大不了多少的希腊人亚里士多德已经使用过它。

那么media指的到底是什么呢？它一般指个体之间的通道，多数情况下特指交流通道。按照这个定义，很多不同的东西都可以被理解为媒体，比如空气。两个试图在太空里聊天的人除了要面临死亡的危险外还有一个很基本的问题：太空是真空，声波无法传输，他们再喊对方也无法听见，因而无法交流，他们所欠缺的空气就是他们必需的"媒体"。

个体间的交流需要通道。中世纪的欧洲人已经明白了这一点。当时有些人声称自己具有与鬼魂交流的能力，可以帮助别人与死去的亲人沟通。人们称这些人为medium，这个称呼直到现在都还存在，只是愿意相信medium的人少了。

媒体就是交流通道，那么新媒体是什么呢？我们现在想到新媒体，一般都会想到数字化革命给我们带来的互联网。但实际上，新媒体这个说法的历史要长得多。

第一种新媒体就是广播。在德国，它在20世纪二三十年代流行起来。此前的德国人只能靠看报纸和听讲座获取时政新闻。有了广播后，他们认为报纸是旧媒体，广播是新媒体。最喜欢这种新媒体的人当然是纳粹党。他们在30年代发明了一种相对便宜的"国民收音机"，以便每家每户都能收听他们的广播。当时的所有德国媒体都被"一体化"了，它们的任务便是帮纳粹政府做宣传。

纳粹德国被打败后，东西德分别成立，一个叫德意志民主共和国，一个叫德意志联邦共和国。两个德国各有各的媒体——报纸、杂志、广播，以及一种新媒体：电视。现在看来，西德的媒体相对多元化，百姓能够接触到更多不同的事物和观点。直到后来东德政府倒台，两德统一，当时媒体的共同特点是：它们的交流方向跟单行道一样，只将信息往外传输，给老百姓设立话题，而老百姓自身很难影响媒体。

现在终于说到我们21世纪所指的新媒体——主要是互联网。这种新媒体跟过去的新媒体之间最大的不同在于，它的交流方向变得多元化了。在这个互联网的时代，任何人都可以把自己的信息发送给全世界。

那些曾经的"新媒体"——报纸、杂志、广播、电视的任务发生了很重要的变化。过去，它们可以设定话题，想让大众讨论什么大众就讨论什么，而现在的传统媒体很多时候不得不跟着大众的话

题跑。比如说，许多人觉得某位网民的匿名消息有意思，大家都转
发，他的话题就成为了"网络热点"。这样一来，大众给自己设立
了话题，传统媒体很难把控。

因此我认为，那些过气了的"新媒体"很可怜。它们本来好好
地垄断着所有的信息来源，结果一下子失去了这项特权。现在呢？
它们不得不关注老百姓关注的热点，调查哪些信息可靠哪些不可
靠，并加以评论。如果电视、报纸、杂志等传统媒体做不到这一点
的话，恐怕它们的下场会跟中世纪欧洲的medium一样：没有人愿
意相信它们了。

走好，我的偶像MRR

我这辈子只有一次给偶像写过信。

那时候我18岁，他已经80岁了。他，是当代德语文坛最有影响力的一个人，文学批评家马瑟尔·莱希-拉尼奇（Marcel Reich-Ranicki）。他是我的偶像。

虽说当代德语文学不能没有他，但是从某一个角度来看，这位MRR其实不算是正儿八经的德国人。1920年他在波兰出生，他的父母是待在波兰的德国犹太人。可以说他是德国人或者波兰人，当然也可以说他首先是犹太人。MRR回答过这个问题，他说他认为德语文学才是他真正的"家乡"。其实他的人生就像一部文学作品。

他在波兰出生，但在德国念书。由于父母想让他将来更有发展前途，在1929年，他们将他送到柏林上学。虽然接下来的十年德国被纳粹党"一体化"，而且社会对犹太人的歧视变得严重，但是MRR还是念完了高中，1938年毕业后才被驱逐回波兰去。回到波兰后他要先把波兰语学会，因为在德国待的时间太长了把第二个母语给忘了。1939年夏天，二战开始，纳粹德国占领波兰。那时候犹太人被关在隔都（犹太人区）里，MRR和他的犹太女朋友泰奥菲拉（Teofila）也被包括在内。这是噩梦的开始。接下来几年时间，德

国人把两个年轻人的家人几乎杀光了。MRR和女友能活下去的原因
就是他受过德国教育，所以纳粹一开始想利用他管理犹太人区。幸
好在纳粹进行"犹太人清洗"之前，MRR和女友两个人能逃跑。他
们躲在一个波兰农民的家里，等到二战过去了之后他们选择继续待
在波兰，在政府上班，但是由于一些"意识形态问题"，到了20世
纪50年代的时候MRR跟波兰共产党政府发生了矛盾。1958年，他
们和小儿子移民德意志联邦共和国。

那么也就是说，哪个国家曾将他的家人几乎杀光了，他就移民
哪个国家。很难想象的选择。

做这种选择的人不多。可以说二战后"回归"的德国犹太人数
量极少，但是他们对新德国的贡献非常大。有科学家、哲学家、文
学家、艺术家等等，还有MRR。他1958年回德国后直接进一家报社
当文学批评家。他的生活就变成：看书，思考，写文章。

具体他是怎么做到的我不知道，反正MRR在接下来的几十年
里变成了德语文学批评家当中唯一一个"明星"。我想应该跟他
的性格有关。跟我喜欢的中国学者季羡林一样，MRR对自己的研
究对象的喜爱是最明显的，每一篇他写的文章里都可以看出来他
多么爱他的文学。但是跟季爷爷不同的是，这位MRR老爷也会发
脾气。当他不喜欢一部作品的风格的时候，他会不顾作者的地位
和感受，使劲骂这部作品。我想，这也是一种"喜爱"的表达方
式吧。

MRR还有一个特点，就是他认为文学不能离普通老百姓太远了。在他只能想到一个比较学术化的表达方式的时候，他会查同义词词典，换一个简单一点的说法。这一点他和大多数德语文坛里的人不同，他们查同义词词典恰恰是出自相反的目的。

应该是由于这种"接近平民"的精神，MRR在20世纪80年代开始录自己的文学交谈电视节目。这时候德国人已经开始叫他"文学教皇"，但是他影响力的最高峰还没到。1999年，文学批评家当作家了，MRR的自传《我的人生》上市。这本书里面，MRR给德国人讲自己的童年，在纳粹手下经历的悲剧，跟太太特奥菲拉的感情，还有他对德语文学的爱。德国人被他深深地感动，《我的人生》整整一年的时间每个星期都是畅销书当中卖得最好的。

当时，我也看了，我也被感动了。所以，18岁的我忍不住给他写信。

怎么写呢？我当时想跟他说很多很多话，但是我又觉得他肯定会收到很多人的来信，怕他看不过来，而且别人肯定会想给他看看自己的写作能力，所以写得比较长，我就不想那样做。

当时，我想了很久。

最后我想到了一句话，就一句："尊贵的马瑟尔·莱希-拉尼奇先生，您让人对文学产生兴趣，非常感谢！"

寄出去后不久，我在邮箱里收到了一封信，里面是一个小小的本子，上面写着MRR的一篇文章，第一页上是他的亲笔签名。

这个小本子属于我最珍贵的所有物之一。

上个月，93岁的MRR终于离开了德语文坛。

当听到这个消息的时候，我感觉世界的色彩突然黯淡了很多。

你自私，还是蠢？

如果光从人类的动机说起的话，那么人类的本性就是自私，恐怕这是所有的"主义"都改变不了的事实。

如在孟子和荀子讲的小孩与水井的故事中，人类无论以善意还是以恶意去救那个小孩，最终都是因为人类有自己的目的而已。换个说法就是善意是我自己的，恶意也是自己的，所以无论善意还是恶意，都是首先为了我自己。

耶稣也意识到了这个道理，他说：要爱邻如己！这句话虽听起来很大方，但它的前提就是我们要先爱自己再去爱邻居才行。

因为人类，就是自私。

当然，我们一般在生活中对自私的理解没有以上的那么广阔。我们会觉得，人们不把自己的利益放在别人的利益之前就不算自私。就好比懂得排队的人在我们看来不自私，反而插队的人才算得上自私。这个理解的问题在于，无论排队还是插队，人们都有自己的动机，懂得排队的人或许只是希望整个社会比较守规矩而已。

不过我本来想说的不是这些。我想说，我们一般认为的自私，其实有两种。

第一种是有逻辑性的自私，可以说是一种"正常自私"。比如插队的那些人。火车票只剩下一张，五个人好好排队，第六个人自私地去插队，买下最后剩下来的一张票。他得到了自己的利益，别人没法得到，他自私，但他的自私不是没有逻辑性的。

第二种自私呢，就是没有逻辑性的。也可以说是一种"愚蠢自私"，它就是那种最终谁都没有任何好处的自私。

咱们设想一条马路吧，中间一个铁路道口，一辆一辆车右往左来，本来很正常。突然警铃响起，栏杆下来，来往的车都必须停下来等火车从中间过。

我们站在栏杆前观望，看车主怎么做。

右边的车道，就是"往"方向的车道，被一辆一辆车慢慢停满。车主们排队，很正常。而左边的"来"方向车道，由于本来要过来的车在对面停下来，就完全空了。

在这时，一辆本来在后面乖乖排队的车貌似在想："铁路道口？不妨我去瞧一眼！"拥有着一颗说走就走的心的车主顺着"来"方向的车道开到最前面，就是栏杆跟前，那时候却发现："过不去啊！"

右边的"往"方向车道被别的车停满了，回去也太麻烦，因此他就选择留在原来的位置：栏杆前。不过一会儿，他的后面来了第二个保持"探险家"心态的车主。第三个，第四个，第五个。

最终，两条车道完全被车占满了。等火车终于从中间通过了，栏杆终于上去了，车主们才发现对面的人果然跟自己一样自私，而且一样蠢。

接下来就好像谁把两条单行道连在一起了，一堆车在中间摩来擦去，谁也过不去，简直是闹剧。

在这种情况下，我们看到的不是那些车主的自私，而是他们的愚蠢。

肛肠检查

今天，我再次进行肛肠检查了。

这是我这辈子第四次发生这事，我20岁以后，每三四年要经过一次结肠镜检查。这是必须的，因为我的基因含有遗传易感性疾病。

在我两岁的时候，我亲爹得了大肠癌。据说那时30岁的他是个大胡子高个儿爷们儿，很喜欢户外运动，很会逗人开心。他在病床躺下之后完全变了，身体一天比一天瘦，脸色一天比一天白。一直到最后他只能默默地叫一句"我不想死"。

然后他走了。

我几乎不记得他，估计因为我当时还太小。我只看过照片，很多是黑白的，确实是大胡子脸，很有精神的样子，而且他常常抱着一个胖娃娃。那个胖娃娃好像是个小吃货，除了胖以外几乎没有啥特点。小吃货，就是我。

我后来有了个新爸爸。在我亲爹去世后不久，他就跟我妈结了婚并愿意抚养我，当我爸爸。对于我来说，他确实就是我爸爸。我知道自己曾经有过那么一个大胡子亲爹，但他没能留下来把我养大。新爸爸替他尽了责任。

后来，我妈也走了。

在我大约20岁时，我姥姥给我打电话说："快去做结肠镜检查吧你！"

我笑着谢绝了。让一个陌生的人，就算他是医生，用摄像头进入我的屁眼儿检查结肠？疯了吧，打死我也不要！

姥姥说："孩子，你他妈给我听话好吗！你父亲是因为癌症去世的，你难道不知道还有一种事叫作他妈的遗传易感性疾病？"

我姥姥一着急就爱说脏话。看来那时候她确实着急了。我问新爸爸有什么看法，他说姥姥的话没错，你还是去，做一次结肠镜检查。

所以我答应了。因为其实也没有什么。

检查的整个过程虽然不算很舒服，但也不算很痛。主要的麻烦是，因为要洗肠，所以头一天不能吃任何东西——泻药除外。而且那个泻药的效果太给力了。药的效果比你这辈子吃过的最脏的、最让你肚子闹腾的东西还要恐怖得多！

真是让你离不开马桶。

检查的头一天一直折腾到半夜才睡觉。早上六点起床，接着吃药接着拉，大概九点的时候，好不容易赶到医院。检查一般都是上午。

我第一次做结肠镜检查时，我们家小镇的医生不愿意打麻醉针。他只让我吸了一种醉药，让我high（兴奋）了一下但没睡着，就那样进行检查。我隐约意识到旁边还有两位护士在帮忙，突然觉

得尴尬地要命！问题在于我这个人，如果觉得尴尬的话我就会开始
使劲乱开玩笑。

　　检查完了医生给我爸打电话。小镇的人，谁跟谁都认识，医生
跟我爸也认识。医生笑着跟我爸说："你们家儿子的幽默感让人好难
适应哦！"

　　我自己不记得，但医生说我好像在检查的过程当中跟他说：
"着什么急呀您，我还等您请我吃个饭或者看个电影，您知道吗？
我可没您想得那么随便好不好！哎呀，温柔一点不行吗？"

　　我爸听医生讲完了这个故事就笑疯了。而且笑完了他决定讲给
我弟弟妹妹听。他们也笑了。他们都不知道的是，不打麻醉针的结
肠镜检查还是挺痛的，医生好像也不知道。他坚持说："不用打麻醉
针啊！"　一直到他自己上年纪了，也做过这种检查后，每次他检查
别人时也开始用麻醉针了。

　　所以，现在我不怕检查了，我只是怕它的结果。今天也不例
外。上午九点我躺在医院病床上等着医生给我打麻醉针。打了之后
护士跟我说："您马上就会睡过去，请不要抵抗药的效果！"

　　我听完了还在想，哦，原来还有"抵抗麻醉药"这种事啊，好
神奇，要不要试试？

　　然后我就昏死过去了。

　　睁开眼睛，我一片糊涂。我在哪里呢？我能感觉得到自己的床
被别人推着动。那人是刚才那位护士。我问她："干吗，不是说要检

查吗？"

突然发现我根本没用德文问她，而是用了中文！

她没理我。

闭上眼睛时，我还能听到护士说："检查已经ok啦，您先休息吧！"

然后我又昏死过去。

在我第二次睡醒时，我脑袋稍微清楚一点点。我跟护士说："刚才我有没有用中文跟您说话？"

还好这个问题，我用德文问她。

她笑着回问："中文？怎么会？"

我又犯困，闭上眼睛。不过在我脑袋很深很深的一处我知道这个问题有一个明确的答案。护士怎么知道我第一次跟她说的是不是中文？对于她来说，在病床上叽里呱啦说话基本上都是病人还没睡醒的时候开始胡乱自言自语而已。中文？瞎扯！

这次检查的结果很好，没有什么问题。我感觉很开心。

因为检查之前，我其实很担忧。我亲爹30岁就去世了。我已经32了。每当我想起这个问题的时候，我都感觉自己好像缺乏一种"生存的资格"。就好像电脑游戏本来只有30个关卡，结果被我玩到第32个了。不应该！

我知道这种感觉根本没有任何道理，但我还是会担忧。

现在晚上十一点。我从医院回来之后一直忙着吃东西。因为昨天什么都没吃，而且因为照片上的胖娃娃依然是吃货。

最后，我还是坐了下来开始写这篇文章。我其实不是很想写这种比较私人的东西。我更不想写泻药的事。但我觉得就像我姥姥说的，很多人对遗传易感性疾病没有概念。包括我亲爹。

在他得病了之后他才想起了，自己的奶奶也是因为癌症去世的。癌症往往会隔代遗传。爷爷一代有，爸爸一代没有，孩子一代（就是爷爷的孙子）就很可能有。我亲爹如果早一点去做结肠镜检查的话，或许就不用死。

回头想，我有一个最早的回忆：我在家玩，走进客厅，看到妈妈站在窗边默默地哭泣。我问她："怎么回事？"

她继续往外面看，并说："爸爸走了。"

我觉得很奇怪。

"妈"，我跟她说，"你不要怕，走了就让他回来呗。"

他当然没回来。

chapter 8 要宽容

,

不宽容的"自由主
义者"？
托马斯·贝克特效应
文化差异
人类都是流浪者
欧洲中心主义

不宽容的"自由主义者"？

当我在网上跟别人因政治立场不同而争执时，我常常问自己，老雷你这么说还对得起你的自由主义立场吗？

不过，到底什么是自由主义呢？

每一个政治概念都存在一个根本性的问题，就是它被不同的人使用过，每一个使用它的人都会在它身上加上自己的立场。"民主"就是一个典型的例子。1990年以前存在两个德国，西边的叫德意志联邦共和国，东边的叫德意志民主共和国。奇怪的是，联邦共和国在1949年到1990年之间经历了12次政府大选，其中三次执政党给其他政党让了位，民主共和国在此期间也进行了10次大选举，但执政的德国统一社会党一次也没下过台。东德没有完善的法治，选举时的选票私密性也未得到保证。

因此，在说及一个政治概念的时候，不能单单看它作为一个词语的原意，也要看是谁、在何种背景下运用了这个概念。

"自由主义"的概念起源于17、18世纪的欧洲启蒙运动时期，它的核心在于维护每个社会个体分子的权利。典型案例之一是当时的宗教派别之争：保守主义者认为仆人应当遵从主人的信仰，而受到启蒙运动影响的自由主义者却认为每个人都有独立选择自己宗教信仰的权利。

当然，自由主义囊括了许多层面。无论是对政治自由主义还是对经济自由主义的定义都处在不断的变化之中。2008年爆发的全球性经济危机就深刻地影响了世界对自由主义的看法。此外，地区性差异也不容忽视，比如，美国人和德国人对"新自由主义"的理解就有本质的区别。

我在这里想要说的自由主义是当代政治的自由主义，是中国当代政治的自由主义。

李敖先生2005年在北京大学演讲，提及自由主义时他说："自由主义从学理上来讲，你出一本书，他出一本书，学理上非常高深。对我而言，没那么复杂，自由主义只是两个部分：一部分是反求诸己的部分，一个部分是反求诸宪法的部分。"

我对这段话的理解是："反求诸己"指的是真正的自由只能是内心的，是个人的，而"反求诸宪法"指的是每个人寻找自己内心自由的条件是应有法律保证的。真正的自由无法索取，但是追寻自由的前提条件是可以索取的。

这样的自由主义者就像李敖先生所说的：很难当。

我要再加一句话。1789年法国《人权宣言》的第四条："自由就是指有权从事一切无害于他人的行为。"即整个自由主义的核心。因为自由主义者认为所有人拥有的权利都是平等一致的，此即为"人权"。也就是说，作为自由主义者，我们也必须允许其他人与我们相左的观点存在。

托马斯·贝克特效应

"身份"这个词，如果我们把它理解成英语的identity的话，是一个很复杂的概念。我认为每个人不只有一种单独的身份，而且有时候我们对自己的身份很不确定。面对老婆，面对父母，面对老板，面对服务员，我们会用各种不同的语气，也可以说我们在扮演各种不同的角色。

历史中很典型的例子是12世纪的英国人托马斯·贝克特。他是国王亨利二世的大法官，而且据说跟他是非常好的朋友。这位亨利作为国王一直跟教会有矛盾。这也是欧洲历史上一个最常见的问题，就是教会和贵族为权力而斗争。斗来斗去，亨利就有了这么一个想法：贝克特不是兄弟嘛，那么让他当坎特伯雷大主教不就得了吗，坎特伯雷大主教是整个英国宗教的领导，如果他是亨利的好朋友的话，一切都好说了！亨利想得美。

其实贝克特早已经暗示过了，假如真的要当大主教的话，那么他也会觉得自己有义务为教会考虑，所以拜托亨利还是打消这个计划吧！

亨利不听，悲剧发生了。

贝克特搬到坎特伯雷任大主教之后，他"转身"开始代表教会做事。他不顾一切，跟自己的好朋友亨利对着干，而且他怎么比之前的大主教还要极端呢？贝克特狠狠地维护教会的权力。亨利感觉相当无奈。

长话短说，到最后亨利在自己的骑士面前叹了一口气，骑士听到了就立马奔向坎特伯雷把贝克特给宰了。亨利和贝克特的友谊，到此就彻底结束了。

这个故事的细节到底是不是这样发生的其实也不重要，其主要意义在于社会学界后来生造的词语：托马斯·贝克特效应，专门形容贝克特那样更换了社会角色后便改变行事方式的人。

其实我们也不是不能理解这位贝克特吧。他本来不是教会里的人，在他当了大主教的时候，他或许要考虑怎么对得起自己的新身份，所以他可能会比一般教会里走出来的人更极端。

社会学界认为这类现象在很多地方都可以看到。比如欧洲的政客分为国家级和欧盟级的，按理说当某国政客被派到欧洲级别部门工作时，他依然会从自己国家的利益出发吧。但事实往往是，国家政客一到欧洲部门便开始为欧盟效力，让国家政府相当无奈。

再换个例子：我们德国的土耳其人很多，大部分是20世纪六七十年代过来的劳工，后来定居了德国。这些"德籍土耳其人"和本土德国人的关系不是特别完美，两边都有不少由文化差异引起的误会，我想这也很正常。但是让很多人吃惊的是，我们经常可以看到一些在德国长大的第三代土耳其孩子比自己的父母以及爷爷奶奶都要"土耳其化"。这是为什么呢？可能跟贝克特一样，他们对自己的身份不完全确定。爷爷奶奶甚至父母是从土耳其移民过来的，就算定居在德国，对自己的身份还是很清楚，他们就是土耳其人，所以他们没有"证明自己"的必要。但是第三代孩子不一样，对于他们来说，德国不完全是自己的家，但土耳其也太陌生了。所以，他们要寻找自己的身份，所以有一些"德籍土耳其"孩子选择了扮演比较极端的"纯土耳其人"的角色。

这些人虽然不多，但是他们还是存在的。

文化差异

这几年，连最不懂事的德国人也看到了中国的经济发展。于是，在德国书店里可以买到的"解读中国"书籍也越来越多。有中国人写的，有外国汉学家写的，有半句汉语不懂的专家写的。这些书的共同点在于，其读者希望通过它了解中国人的一些思想以及东西方之间的文化差异。

当然不是每一本书都值得看，但有意思的是，很多作者会把中国文化跟西方的"不同"解读成一种"神秘"。

比如我曾听到一个懂汉语的德国人说："说汉语的时候你一直得猜对方心里真正想的是什么！"

呃，好吧……就好像我们跟自己同胞谈生意的时候不用考虑对方心里是怎么想的？不知道那位德国人有没有交过中国朋友，反正我会想到我哥们儿小黑（湖南爷们儿），在我们玩儿Xbox（微软一款游戏机）的时候我还真没怎么猜过他心里到底在想什么。不就是哥们儿吗？

基辛格写的《论中国》让我一样感觉不对劲。基辛格是生于德国的美国政客。20世纪70年代初中美建立外交关系他功不可没，所以他理论上应该比较了解中国跟美国之间的事，但他的书给了我一种严重被忽悠的感觉：在基辛格眼里，貌似中国人做的任何事都跟古老思想有关，主要跟《孙子兵法》和"三十六计"有关。这跟"星座论"一样，虽然有说服力，但很有过度诠释（over-interpretation）的滋味。

按照基辛格的说法，我很想知道他如何写一本《论德国》的书，书里没完没了地给读者解释德国人的所有行为都跟尼采或者普鲁士军事理论家克劳塞维茨（Carl von Clausewitz）有关？

当然我不是否认文化差异的存在，我只是不赞同中国人特别"神秘"的观点。中国人和德国人的"复杂"与"简单"取决于在哪些方面。比如在喝酒方面就是德国人简单，想喝多少就喝多少，不想喝就算了，而中国人比较复杂，要知道跟谁干杯，喝多少，说啥，给谁面子。反而聊收入方面就是中国人简单，想聊就聊嘛，有啥大不了的，而德国人就很复杂，收入在我们这儿属于"忌讳"话题，直接说会特别尴尬！

而且，在我们关注多种文化之间的差异时，是否忽略了各种文化自身内部的差异呢？

中国那么大，难道"中国文化"就是一个统一一致的概念吗？在我看来，一位上海白领的思想以及生活方式跟一位柏林白领是有区别的，但两者也有很多共同点，但要这位上海白领找自己跟西北牧民同胞的共同点会相对更难吧。

那么文化差异到底何在？

我要借用一下20世纪比较有影响力的传播理论学家保罗·瓦兹

拉维克（Paul Watzlawick）讲过的经典文化差异事件：二战时一部分美军驻英国，闲时追当地女人也不奇怪，没预料到会有任何交流障碍。英美文化不是本来就差不多，连语言不都很像吗？结果很多被追的英国女人抱怨，很多追她们的美国男人也抱怨，而且他们抱怨的地方恰恰是相同的：对方太"随便"了！

瓦兹拉威克说这个问题的根源在于当时英美男女交往习惯的不同。在二战时的英国，接吻被公认为相当亲密的事，要好几次约会才可以吻，而且下一步基本上就等于上床。美国就不一样，接吻没事，认识不久就可以吻，但从接吻到上床的地步还要好几次约会才行。所以，当美国男人追英国女人的时候，他一般会很快就想跟她接吻。英国女人会觉得这次接吻来得太早，美国男人怎么那么"随便"呢？而且，如果英国女人接受了这次接吻的话，她就会自然而然地觉得这离上床就不远了！可以想象美国男人本来只想接吻，结果眼前的英国女人突然准备上床。可能他一边兴高采烈一边纳闷：这英国女人怎么那么"随便"呢？

这就是一种文化差异。

在这个文化差异无处不在的世界上，还有什么地方神秘吗？

人类都是流浪者

我在意大利古城比萨，就是斜塔的那个比萨。昨天刚到，后天将要离开，专门为了讲一次我的"徒步中国"的故事而来。这次演讲属于比萨的一个文化俱乐部举办的"中国电影节"。昨天晚上，他们在一个活动中心举行中国艺术学生作品展开幕活动，放中国传统音乐，饮食应有尽有，最后请我上台讲讲我几年前在中国徒步的经历。

一个德国人在意大利用英语讲中国的故事。莫名其妙。

我站在台上讲话，望着前面的人，看到他们脸上的热情和好奇，感觉就像看到了自己一样。人可能都这样，想了解外面的世界，想多出去走走，想多出去看看。记得英国旅行作家布鲁斯·查特文（Bruce Chatwin）曾经说过一句话：当小娃娃躺在床上哭时我们不是要将她抱起来走一走吗？娃娃能感到父母的身体活动，心里便会踏实下来了，也就因为人类的原始生活方式是游牧，也可以说是流浪。

当然，现在的我们不一定非要亲自去离乡背井，我们完全可以待在家里看书、看照片、看电影、听别人讲故事。除此以外，我们还可以在网上看新闻，甚至通过互联网跟新闻当事人直接沟通。这种"精神旅行"有点类似于传统的"好客"文化：即使我们自己可能无法出门远行，但我们愿意接受异乡人到我们家来做客，陪我们聊天，给我们讲故事，而通过他们给我们讲的话，我们便可以了解那些我们无法去拜访的地方和人。

对于我而言，做演讲最有意思的就是观众的各种反应。根据他们的不同年龄和不同文化背景，他们笑起来的地方不同，而且他们感兴趣的问题每次也都不一样。这样，演讲不再是一种无趣的"你听我说"似的单向汇报，而变成了一个多元化的交流机会。

写专栏其实也一样。我现在身在欧洲，离中国那么远。我吃不到你的美食，这是一种损失。我呼吸不到你的空气，这是一种幸运。但我依然在不断接触你的各种方面。通过互联网，通过在欧洲的中国朋友，通过读中文书籍，通过参加类似于比萨中国电影节活动，通过思念。（但不要搞错，我思念你，不说明我喜欢你的一切。）

中国有句话叫"旁观者清"，但我不信。"清"意味着客观，客观属于科学。与我们每个人的生活紧密相连的许多方面都离严密的科学推导甚远。我们每个人对诸事的立场观点也大多未经过科学验证。即便是在尽可能真实的数据基础上，我们得出的立场结论都可能非常不一样。

无论德国、中国还是我现在所在的意大利，我们所生活的21世纪已不再要求人们有统一的立场。恰恰相反，现在的我们更愿意与人交流，与跟自己的观点立场不同的人交流。这个专栏，对我而言

同样是一个交流的机会。写作的时候自己思考，发布以后看读者反
应，互相交流，尽量让自己的视界更宽一点。

就这样，每篇写的专栏对我而言也变成了一趟"精神旅行"。

欢迎各位读者做伴。

欧洲中心主义

　　我是德国人。我认为德国的政治体制还不错，在民主、法治、社会福利、环保方面都很发达。最让我为德国骄傲的是，虽然我们跟法国好长时间都是"冤家对头"，但20世纪50年代以来，两国的关系越来越好，现在可以说得上是"德法友谊"。

　　去了中国之后我才发现了德国很让人无语的一点——欧洲中心主义的痕迹。或许这是整个欧洲共有的问题。

　　记得自己17岁第一次去美国时正值科索沃战争。被美国人问我家人是否还好时我直接惊呆了，怎么那么多美国人如此无知？本来我准备给他们解释我家离南斯拉夫有1500公里，但发现他们连公里也不懂，就改说1000 miles（英里），结果他们还是不太懂。对于他们大多数人来说1000 miles也就是几个州的距离，所以最后我就只开玩笑逗他们玩了。我会指着汽车说"哇，你们的马车好快啊，不过马在哪里啊"，我会跟他们说我多么佩服他们有"冰箱"这个东西，我们德国人还在山里挖雪洞存放我们的啤酒。当然，大部分人或早或晚都不会上我的当了，但还是有人真信的。欧洲人从某种角度来讲瞧不起美国人也就是这个原因——很多美国人根本不了解美国以外的世界。

　　我们欧洲多好啊，好几个小国家，每个学生都要学习很多关于

外国的知识。只不过，我们这个"外国"一般指的是：古埃及、古
希腊、古罗马、欧洲、美国，完了。

问随便一个上过高中的德国人，李白是谁啊——不晓得。秦始
皇是啥时候的人，大概嘛——不晓得。什么是《三国演义》呢——
也不晓得。德国人顶多听说过孔子、老子、《孙子兵法》、风水，
还有明朝时的瓷器（英文单词China直到今天除了"中国"以外还
有"瓷器"的意思）。别的一概不知。

近来有些德国学校或许已经有了些改进，听说不少学校雇中文
老师给德国小孩儿介绍东方文化。但我认为，我们对非欧美的了解
还是不够。

中国学生就不一样。很多高中毕业的人都读过几部歌德或卡夫
卡之类的欧洲作家的作品，而且大部分人知道一点基本的欧洲历
史。当然，中国人想了解欧美文化可能只是因为近来它的影响力比
较大，而别的地区，比如南美、非洲、中东一样被中国人和欧美人
忽略，这都有可能。

但无论如何，我觉得在这一点上，德国人必须改善。一个德国
高中毕业的孩子知道所谓的"古典时代"大概在公元500年结束，
然后是"中世纪"，一直到公元1500年，接着就是"近代史"。但
这些说法到底是否全球通用呢？适合描述异国的历史现象吗？中国
历史、印度历史、日本历史有"中世纪"吗？恐怕很多德国孩子不
知道。

我是偶然学的汉学。当时准备上大学，但不知道学什么，我就随便选了个专业。中国人多，就学中文吧。如果那时候问我李白是谁，我只能耸肩表示无奈。

李白关我什么事？

Shame on me（我真丢脸）。

图书在版编目（CIP）数据

中国，特色／（德）雷克著.—北京：当代中国出版社，2014.8
ISBN 978-7-5154-0488-2

Ⅰ.①中…　Ⅱ.①雷…　Ⅲ.①游记—作品集—德国—现代
Ⅳ.①I516.65

中国版本图书馆CIP数据核字（2014）第155368号

Copyright© 2013 Christoph Rehage
Simplified Chinese edition copyright© 2014 China South Booky Culture Media Co., Ltd
All rights reserved

著　　　者：［德］雷　克
出　版　人：周五一
选 题 策 划：晋璧东
责 任 编 辑：晋璧东　杨佳凝
监　　　制：于向勇　康　慨
特 约 策 划：杨清钰
版 权 支 持：文赛峰
营 销 编 辑：刘　健　刘菲菲
封 面 设 计：天行健
版 式 设 计：李　洁
编辑部电话：（010）66572434
出 版 发 行：当代中国出版社
地　　　址：北京市地安门西大街旌勇里8号
网　　　址：http：//www.ddzg.net　邮箱：ddzgcbs@sina.com
邮 政 编 码：100009
印　　　刷：三河市鑫金马印装有限公司
开　　　本：700mm×1000mm　1/16
印　　　张：17
版　　　次：2014年8月第1版
印　　　次：2014年8月第1次印刷
定　　　价：36.00元

版权所有，翻版必究；如有印装质量问题请拨打（010）94409971-19311。

读 行 者